엄마,
나도 고자질하고
싶은 게 있어

* 일러두기
  본문에 나오는 학생들 이름은 가명입니다.

엄마,
나도 고자질하고
싶은 게 있어

초판 1쇄 인쇄 _ 2020년 11월 1일
초판 1쇄 발행 _ 2020년 11월 10일

지은이 _ 서성환

펴낸곳 _ 바이북스
펴낸이 _ 윤옥초
책임 편집 _ 김태윤
책임 디자인 _ 이민영

ISBN _ 979-11-5877-203-1 03810

등록 _ 2005. 7. 12 | 제 313-2005-000148호

서울시 영등포구 선유로49길 23 아이에스비즈타워2차 1005호
편집 02)333-0812 | 마케팅 02)333-9918 | 팩스 02)333-9960
이메일 postmaster@bybooks.co.kr
홈페이지 www.bybooks.co.kr

책값은 뒤표지에 있습니다.
책으로 아름다운 세상을 만듭니다. — 바이북스

미래를 함께 꿈꿀 작가님의 참신한 아이디어나 원고를 기다립니다.
이메일로 접수한 원고는 검토 후 연락드리겠습니다.

초등학교 교사의
지나치게 솔직한
학교 이야기

엄마,
나도 고자질하고
싶은 게 있어

서성환 지음

바이북스
ByBooks

　나는 초등학교 교사다. 아이들이 학교에서 엄마를 찾는 소리를 자주 듣는다. 핸드폰을 붙잡고 엄마를 부르는 아이들을 보면 내심 부럽기도 하다. 나는 그럴 수 없기 때문이다. 나도 힘들 때는 전화통을 붙잡고 엄마한테 "힘들어"라고 털어놓고 싶지만, 이제 어른인 내게 그런 행동은 낯간지럽다.

　나도 힘들 때가 있다. 그럴 땐 엄마가 생각난다. 결혼하고 아빠가 되었지만 여전히 엄마 아들이다. 아이들을 가르치는 선생님이지만 선생님도 엄마 아들이다. 가끔은 나도 초등학생 아이처럼 엄마한테 실컷 고자질하고 싶다.

　누구나 살면서 힘들 때가 있다. 그럴 때면 누군가에게 한없이 기대고 싶어지기도 한다. 그러나 누군가에게 기대는 것은 늘 조심스럽다. 나의 삶의 무게를 넘겨주는 것만 같다. 그렇다면 엄마에게는 될까? 나는 그러고 싶었지만 왠지 그래서는 안 될 것 같아서 참았다. 엄마에게 하소연하고 싶은 말들을 조금씩 글로 적기만 했다. 그

글이 하나둘 모여 한 권의 책이 되었다. 나의 엄마에게도 이 책을 선보일 것이다. 엄마가 어떤 평을 내놓을지 자못 궁금하다. 가장 가까이에서 만나 점점 멀어져만 가는 존재, '엄마'는 나의 책의 첫 번째 키워드이다.

두 번째 키워드는 '교육'이다. 나는 자라나는 아이들에게 있어 가장 중요한 교육의 장소는 가정과 학교라고 생각한다. 가정에는 부모, 학교에는 선생님이 있다. 아이들은 이 두 존재에게 많은 영향을 받으면서 성장한다. 바꿔 말하면 부모는 가정에서 선생님이고, 선생님은 학교에서 아이를 키우는 부모이다. 아이를 바르게 키우려면 교육을 바르게 해야 한다. 바른 교육의 시작은 사랑이다. 나는 그 사랑의 마음으로 글을 썼다.

세 번째 키워드는 '선생님'이다. '선생님'이라는 이름은 정말 무겁다. 늘 바르게 행동해야 하고, 모범을 보여야 한다. 하지만 선생님도 사람인지라 어쩔 수 없이 실수를 하고 잘못을 저지른다. 노력은 하지만 뜻대로 안 될 때가 있다. 다시 말해 선생님도 고민하고 상처받는 존재이다. 나는 그것을 이야기하고 싶었다. 누구에게도, 어디 가서도 쉽게 입 밖에 내기 어려운, 선생님으로서의 나의 이야기를 들어주기를 바랐다. 그것이 교육의 문제와 생각할 거리를 독자들에게 충분히 던져줄 수 있다는 생각이 들었다.

어느 지인이 내게 이런 질문을 던졌다.
"그래서 글의 주인공이 엄마야, 선생님이야?"
이상하게도 그 말에 선뜻 대답할 수가 없었다.
지금에 와서 이렇게 이야기해도 되는지 모르겠다.
"이 글은 학교에서 만난 엄마의 모습이고, 엄마의 모습에서 만난 선생님의 모습이야."
어쩐지 선문답 같다. 그냥 쉽게 말해야겠다.
"이 글은 선생님이 엄마에게 하는 고자질이야."

엄마에게 글로나마 고자질을 하면서 치유 받고 싶었다. 교사를 떠나 어른이기에 부모님에게 걱정 끼치기 싫어서 참았던 속상한 일, 어른이기에 멋쩍어서 부모님에게 하지 못한 자랑거리, 그리고 어색해서 함께 나누지 못했던 고민을 쏟아놓으며 위로 받고 싶었다.

누군가는 이런 나를 힐난할지도 모르겠다. 그래도 글의 일정 부분, 아니 적어도 한 부분은 공감을 일으킬 수 있으리라 생각한다. 우리에게는 모두 엄마가 있으니까 말이다.

서성환

내가 고자질할 차례

엄마 기억나? 어린 시절, 나는 엄마와 손 꼭 붙잡고 시장에 곧잘 따라다녔지. 그때는 엄마랑 먹는 떡볶이가 너무 맛있었어. 시간이 조금 흘렀을 때 나도 철이 들었는지 문득 떡볶이를 먹던 엄마 손 반대쪽에 꽤나 무거워 보이는 비닐봉투가 있다는 게 보이더라. 그래서 그다음부터는 꼭 엄마 손에 쥔 봉투를 빼앗아 들었지.

떡볶이를 먹는 건 좋았지만 사실 조금 귀찮은 일도 있었어. 나는 처음 보지만 엄마랑은 꽤나 친해 보이는 시장 아주머니들이랑 인사하는 거. 아줌마들이 나를 보고 누구냐고 물어보면 엄마는 꼭 "우리 작은아들"이라고 소개해줬어. 그럴 때마다 아줌마들은 "아, 그 공부 잘한다는?"이라고 하시더라. 사실 그게 명문대 다니는 형이랑 헷갈린 건가 싶었지만, 엄마가 으쓱해하니까 그냥 뭐 꾸벅 인사드렸지.

시간이 흘러 성장한 나는 다른 곳에서 혼자 떨어져 생활을 했어. 가끔 엄마 집에 갔고, 또 가끔 엄마와 시장에 갔지. 그러면 세월이

지나 거칠어진 엄마 손이 여자 친구에게 익숙해진 내 손을 살며시 잡았어. 어릴 적에는 내가 수도 없이 잡아달라 졸랐던 손인데. 그렇게 오랜만에 엄마 손을 잡고 찾아간 시장에는 얼굴은 기억이 안 나지만 익숙한 상인 아주머니가 계셨어. 작은아들이라 소개하는 엄마에게 아주머니는 방긋 웃으며 말씀하셨지.

"아, 그 선생님 한다는 아들?"

덕분에 내 직업이 선생님이라는 것을 되새기게 돼. 아이들은 선생님인 나한테 종종 고자질을 해. 그런데 가끔 나도 엄마한테 고자질 좀 하고 싶어. 아니, 어떨 때는 하루에도 몇 번씩. 문제가 많을 땐 엄마가 짠 하고 나와서 해결해주면 좋겠어. 그냥 한없이 내 편이라도 들어주면 좋겠어. 어릴 적 엄마는 그런 존재였으니까. 어른이 되고 선생님이 되고 부모가 되니까 그게 쉽지가 않아.

아내한테 털어놓기에는 약하게 보일 거 같고, 친구에게 털어놓기에는 자존심이 상해. 엄마한테는, 걱정할까 봐 털어놓기 싫었어.

언젠가 심하게 따뜻했던 크리스마스날 전화벨이 울렸어. 난 직감했지.

'아이고, 또 싸웠구먼.'

결혼기념일이 크리스마스인 엄마 아빠는 이맘때쯤이면 자주 싸웠지. 겉은 강해 보여도 속은 여린 엄마, 겉은 다정해 보여도 아무것도 모르는 아빠. 아빠는 아빠대로 나한테 전화해서 속상하다고, 엄마는 엄마대로 나한테 속상하다며 이야기를 털어놓고는 했어.

근데 그날은 좀 달랐어. 엄마가 많이 속상했나 봐. 맥주 한잔도 못 먹었던 엄마가 혼자 소주를 다 먹고 나한테 전화해서 처음으로 옛날 일 꺼내며 미안하다고 했어. 나는 기억조차 나지 않는 일들인데, 속상해도 어디 털어놓을 데가 없어서 작은아들한테 이렇게 말한다고 이해해달라고 했어. 엄마의 취중진담이라 받아들이기 쉽진 않았지만, 그동안 이렇게 혼자 쌓아뒀을 엄마를 생각하니 나도 마음이 아프더라.

그날 내 마음이 말이야?

아픈데 좋았어.

슬픈데 기뻤어.

걱정은 되는데 행복했어.

미운데 보고 싶었어.

엄마가 나한테 고자질해줘서 너무 좋았어.

이번에는 내 차례야. 무뚝뚝하기만 했던 엄마 아들도 고자질 좀
해보려고.

좀 많아. 괜찮지?

차례

chapter 1
여기 다시 학교

chapter 2
선생님의 로맨스

chapter 3
선생님도 결국, 사람

chapter 4
그래도 선생이라 행복해

1장

여기
다시 학교

모든 사람들에게 학교가 좋은 추억이 되었으면 좋겠다.
아이들 모두가 만족하고 행복할 수는 없겠지만
한 명이라도 더 그렇게 기억하도록 노력해야 하는 게
내 일이 아닐까 생각해본다.
그래도 학교만은 아이들을 지켜주는 울타리가 되면 좋겠다.
선생님은 오늘도 울타리 구석구석을 돌본다.

소울푸드

엄마 미안해. 엄마가 나 살쪘다고 믹스커피 먹지 말라고 했는데, 오늘은 도저히 안 되겠어. 사실 처음부터 이거는 불가능한 일이었는지 몰라. 믹스커피 없이는 살 수가 없어. 건강에 안 좋다고 아메리카노를 먹으라고 걱정해주는 건 알아. 근데 당 떨어져서 도저히 안 되겠어.

내가 출근해 교실에서 들어가는 순간부터 아이들하고 기싸움이 시작돼. 해맑은 얼굴을 하고 있지만 내가 빈틈을 보이면 기똥차게 알아내고 파고들기 시작하지. 더 많이 알고 더 오래 산 내가 참아야 하기에 내 몸속의 당은 급속도로 빠져나가. 그렇다고 아이들이 미운 것만은 아니야.

아이들도 늘 자기 나름대로의 논리와 정당성을 가지고 있어. 나는 그 논리를 보다 사회적이고 안정적이게 이끌어줘야 하는데 쉽지가 않아. 때로는 말이 길어져 내가 무슨 소리를 하는지도 모를 때가 있어. 거짓 웃음을 지을 때도 있고. '시끄러워! 조용히 해!' 한마디면 될 것 같지만 그럴 수도 없어. 난 선생님이니까.

시간이 오래 걸리고 과정이 복잡해도 아이들이 세상을 이해할 수 있도록 하는 게 내 일이야. 선생님은 어른 세상을 아이들의 세상과 소통시켜주는 번역기지. 번역기 일을 하다 보면 과부하가 걸릴 수밖에 없어. 그래서 오늘도 당과 카페인과 칼로리가 가득 들어 있는 믹스커피를 마셨어. 벌써 세 잔째야. 근데 더 마실 거 같아.

이럴 땐 학창 시절에 엄마가 만들어준 토마토 주스가 생각이 나. 여름에 땀 뻘뻘 흘리고 집에 오면 엄마가 건네준 달달한 토마토 주스. 믹서기 놔두고 굳이 강판에 갈아서 만들어준 거. 외할아버지가 직접 양봉하신 꿀을 넣고 대접에 쓱쓱 저어서 만들어준 거. 얼마나 맛있었던지! 한 번씩 일하다 당 떨어지면 그게 그렇게 생각이 나.

학교에 토마토와 강판을 둘 순 없잖아? 그러니 어떡해. 믹스커피라도 마시고 당 충전 해야지. 믹스커피는 짧은 시간 동안 싼 가격에 빨리 당 섭취를 할 수 있는 최고의 가성비 높은 식품이야. 가끔은 아침에 타 놓은 커피를 마실 새도 없어서 오후에 다 식어 차가워진 것을 먹기도 해. 한 번에 두 개씩 타서 먹을 때도 있고. 정말이지 뜨거워도 미지근해도 차가워도 다 맛있다니까. 아무튼 걱정 마. 더 살안 찌게 운동은 할게. 종 쳤다. 남은 커피 한입에 털어넣고 다시 수업 시작할게.

곤충 채집

엄마, 아이들을 데리고 40분짜리 수업을 하려면 여간 힘든 일이 아니야. 40분 잘 앉아 있는 아이들은 집중력이 높기보다는 인내심이 높은 것 같아. 내 경험으로는 그래. 지루해서 조냐고? 안타깝게도 반대야. 항상 시끄럽지. 선생님의 성향에 따라 교실 분위기가 달라. 우리 반 애들은 선생님인 나를 닮나 봐. 안 그래도 동동 떠다니는 교실이 한 번씩 뒤집어질 때가 있어. 특히 더위가 시작되려는 요즘 같은 늦봄이면 말이야.

늦봄이면 이따금 교실에 손님이 찾아와. 남자아이들은 그 손님을 환영하려고 실내화나 책을 집어들고, 여자아이들은 소리를 꽥꽥 질러줘. 뭐, 겁에 질려 소리 지르는 남자아이도 있고 사냥 본능이 먼저 반응하는 여자아이도 있긴 해. 아무튼 그 손님께서는 노란색 검은색 줄무늬 옷을 화려하게 입으셨어. 긴 다리와 큰 눈이 아주 매력적이야. 날린 몸동작으로 들어와서 아이들의 혼을 쏙 빼놔. 문단속 따윈 안중에도 없다니까. 어떤 날엔 새벽부터 들어와서 우리를 기다릴 때도 있어. 정말 못 말려. 맞아. 벌이야. 정확이 말하면 쌍살벌.

얘가 날아다닐 때는 길고 가는 두 다리를 쫙 펴고 나는데, 이게 대나무살과 비슷하다고 해서 '쌍살벌'이야. 언뜻 보기에는 말벌 같은데 전혀 다른 친구야. 성질이 독하지 않아서 먼저 사람을 공격하지는 않아. 어느 정도 괴롭혀도 도망가기만 할 뿐 대들지는 않더라고. 매년 찾아오는데, 물리거나 쏘이는 사고는 한 번도 없었어. 가만, 혹시 내 사냥 기술이 뛰어나서 그런 걸까?

쌍살벌은 오히려 안쓰러운 아이야. 겁쟁이에다가 맨날 말벌한테 공격당한대. 고마운 아이이기도 해. 얘네는 바퀴벌레나 나방의 유충을 잡아먹어 익충에 가깝거든. 물론 물리면 꿀벌보다는 아프대. 아이들이 알레르기를 일으킬 수도 있고. 그러니 나는 사냥을 해야겠지. 감히 만물의 영장인 아이들을 한낮 벌레가 겁을 주다니 말이야.

처음에는 실내화나 책으로 사냥을 했어. 원샷원킬! 한방에 잡지 못하면 내가 가는 거야. 근데 사실 고민을 많이 했어. 도덕 시간에는 생명존중을 알려줘야 하는데, 무턱대고 죽일 수는 없잖아. 행여 아이들이 따라 하기라도 할까 봐 작전을 바꿨어. 창문을 열고 대화를 시작했지.

"이 친구는 브라운이에요. 선생님이 키우는 애완곤충이죠. 걱정하지 마세요 우리 애는 안 물어요. 브라운 나가 있어!"

그러자 거짓말처럼 창문으로 나갔어. 아이들은 나를 우러러보기 시작했어. 그때부터 나는 곤충과 대화하는 초인이 되었지.

하지만 우연도 한두 번이었어. 결국 나는 잠자리채와 채집통을 샀어. 우리 반뿐 아니라 수업 중에 옆 교실에서 환호성(?)이 들려오면 수업을 잠시 멈추고 종종 출동해서 생포했어. 투명한 통에 넣어서 심지어 관찰을 시켜주기도 했지. 일 년에 한 번 정도 이렇게 벌을 처음 생포한 날은 곤충학 시간이야. 말벌과 쌍살벌의 차이에서부터 생명존중, 곤충의 생물학적 가치 등을 이야기해주면 40분이 금방 흘러가. 그래야 다음에 또 교실에 들어와도 아이들이 덜 놀라. 안 놀라는 게 아니고 덜 놀라.

이건 다 아빠 덕분이야. 어릴 적 아빠가 나에게 가르쳐줬던 곤충 채집기술이 이렇게 쓰일 줄이야. 에프킬라는 사용할 줄 알아도 잠자리채를 처음 만져봤다는 열세 살 아이들에게 일곱 살 때 뒷산을 뛰어다니며 수많은 곤충을 호령했던 꼬마는 잠자리채질 한두 번에 영웅이 되었어.

근데 엄마. 이건 비밀인데, 사실 이 잠자리채로 교실에서 벌만 잡은 건 아니야. 교실은 또 다른 야생이거든.

짝꿍

　엄마, 반 편성을 하다 보면 의도적으로 학생들을 섞을 때가 있어. 선생님들끼리 나름의 규칙을 정하고, 몇 번을 점검하며 시뮬레이션을 돌려봐. 그럼에도 불화는 생기기 마련이야. 아이들의 궁합까지 모두 알 수는 없으니까.

　올해도 물론 원하지 않는 친구와 한 반이 될 수 있었겠지. 심지어 그 아이와 짝꿍까지 될 수도 있었겠지. 짝꿍 정하는 건 담임선생님 재량이야. 아이들과 학급 규칙을 세워 결정하는 분도 있고, 제비뽑기를 하는 분도 있어. 나는 컴퓨터 프로그램으로 돌려. 정말 조작은 없었어. 조작이 가능했다면 애초에 그렇게 짝꿍을 만들어주지 않았겠지.

　정말 상극이었던 아이들이 짝꿍이 되었어. 벌써 서로 얼굴을 붉히는 두 아이 때문에 나도 적잖이 당황했어. 다시 할까 싶다가도 그러면 다른 아이들의 불만이 쏟아져 나오니까 참았어. 어려워도 규칙은 규칙이니까. 사실 두 아이가 서로 알아가는 기회가 되지 않을까 기대를 조금 해보기도 했어.

　아니나 다를까 오후에 한 아이의 학부모께서 전화를 했어.

"우리 애 짝꿍 좀 바꿔 주세요."

예상대로 짝꿍을 바꿔 달라는 내용이었어. 아이가 집에 오자마자 짝꿍이 싫어 학교를 안 간다고 울었다는 거야. 아이 입장에서는 그럴 수 있어. 얼마나 속상했을까. 아이가 원하는 사람과 안 된 것도 모자라 사이가 제일 안 좋은 사람과 짝꿍이 되었으니 말이야. 뭐, 상대방 아이도 연락은 안 했지만 마찬가지였을 거야.

도리어 학부모님께 내가 부탁드렸어. 특별히 더 관심 있게 지켜보다가 혹시나 불화가 생기면 바꾸겠노라고, 그냥 아이를 조금 더 믿어달라고 했어. 이만하면 잘한 거겠지? 엄마의 전화 한 통으로 짝꿍이 바뀌면 그 아이는 앞으로도 '엄마의 해결'을 기대할 것 같았어. 어른이 되어도 말이지.

짝꿍을 안 바꾼 채 일주일을 버텼어. 나도, 학부모도, 아이들도 불안한 한 주였지만 아무 일도 없었어. 드라마틱하게 아이들의 우정이 싹트는 일도 물론 없었지만. 두 아이는 그냥 서로 조심하면서, 참으면서 지낸 거 같아. 아이들은 '나'와 어울리지 않는 사람과 친해지는 법은 몰라도 적어도 그런 사람을 마냥 피할 수만은 없다는 것을 느꼈을 거야. 친하지 않은 사람과 아무렇지 않게 시간을 보낸다는 것은 어른인 내게도 참 힘든 일이야.

모든 아이들이 다 그런 건 아니지만, 가끔은 싫은 사람한테 속 시원하게 '너 싫어'라고 말할 수 있는 아이들이 부럽기도 해.

엄마, 그래도 난 이 두 아이가 좀 친해졌으면 좋겠어. 제발.

울타리

엄마, 나 초등학교 때 무슨 '열린 교실'인가 해서 교실 벽을 허문 적이 있어. 교실이 넓어졌다기보다는 청소만 더 힘들었던 기억이 나.

요즘 학교들은 지역사회랑 연계하여 시설을 위탁받거나 부지를 환원하곤 해. 시작부터 뭔 말인가 싶지? 학교가 주민들에게 개방된 다는 거야. 당장 둘러봐도 울타리가 없는 학교들이 많아.

한동안 열린 학교라면서 있던 울타리를 없애고 운동장과 학교 시설을 개방했어. 인도와 운동장 사이의 화단은 구청의 예산으로 공원화시키기도 했지. 사유지와의 경계에는 울타리가 있지만, 공유 지 쪽으로는 열려 있게 되었어. 최근에는 아동범죄의 위험 때문에 재설치를 하는 곳도 있긴 해.

아침에 아이들이랑 청소 봉사를 하면 아이들이 버린 과자 봉지 나 우유갑보다도 주민들이 버린 담배꽁초나 술병이 더 많을 때가 있어. 아주 개똥같지. 가끔 이게 무슨 봉사활동이지 싶어. 어른들이 아니, 종종 청소년일 수도 있겠군. 아무튼 그들이 아이들의 공간인 학교에 아무렇게나 버린 담배꽁초나 술병을 왜 어린아이들이 치워 야 하는 건지……

이게 정말 교육적인 걸까? 학교를 청소하는 일은 좋다고 생각해. 내가 생활할 공간을 치우는 일이고, 꼭 자신이 버린 게 아니더라도 쓰레기를 주우면서 '나는 길거리에 쓰레기를 버리지 않아야겠다'고 느낄 수도 있는 일이니까. 하지만 아이들 손으로 사탕 봉지가 아닌 가래침 묻어 있는 담배꽁초랑 먹다 남은 컵라면에 처박힌 맥주캔을 치워야 하는 게 맞나 화가 났어.

울타리를 다시 설치하는 것은 쉽지가 않아. 학교는 돈이 없거든. 구청이나 교육청에서 예산이 내려와야 하는데 선뜻 내주지 않지. 설사 예산이 있다고 해도 이미 구청 예산으로 제작되어 개방되어 있는 휴게시설을 어떻게 처리해야 할지 애매해. 경고문을 붙여놔도 쓰레기를 버리는 사람들이 읽을 턱도 없어.

결국 일등으로 출근하시는 교장선생님께서도 이런 상황을 아시고 아이들이 보기 흉한 것들은 미리 치워주시곤 하셨어. 이제 와서 교장선생님 리스펙!

엄마, 굳이 열리지 않아도 좋으니 학교만은 아이들이 안심할 수 있는 공간이었으면 좋겠어.

극한 직업

아오, 엄마. 나 오늘 똥 만졌어. 내 똥 말고 내 새끼 똥 말고 남의 똥을 만졌어. 그것도 맨손으로 말이야. 하, 이거 정말 극한직업이다. 갑자기 어린이집 선생님들이 존경스러워지기 시작했어.

오늘은 소풍을 가는 날이었어. 고학년들은 멀리 가지만 저학년들은 차를 오래 타지 못해서 가까운 곳으로 가곤 해. 사실 큰 꼬맹이나 작은 꼬맹이나 요즘 다 자가용으로 여행을 가서 그런지 버스를 잘 못 타는 건 사실이야. 오늘은 학교에서 30분 정도 떨어진 농촌 체험마을로 갔어.

체험을 마치고 돌아오는 길이었어. 한 번씩 아이들 상태를 점검하는데, 한 아이의 얼굴이 사색이 되어 있었어. 급똥이었어. 기사님께 조용히 말씀드렸지만 불가능이었어. 짧은 구간 이용하는 고속도로에 휴게소는 없었고 위험해서 갓길에 세울 수도 없었어. 가장 가까운 건 톨게이트 화장실인데 이 또한 쉽지 않았어. 예상시간 15분. 고통의 레이스가 시작되었지. 하아, 분명히 출발하기 전에 화장실 가라고 했는데. 그래, 이해해. 다른 아이들이 있어서 큰일을 못 치렀을 수도 있어. 그리고 그게 계획적으로 안 되는 일이잖아. 그렇게 아이를 이해하고 제발 길만 안 막히기를 기도하며 갔어.

예상대로 일이 터졌어. 아이의 얼굴은 평온과 불안이 공존했어. 더러워진 속옷보다 똥싸개로 낙인될까 두려운 건 아이도 나도 마찬가지였어. 앞의 두 아이가 눈치 챘어. 냄새가 안 날 리가 없지. 그래도 너무 다행인 건 속이 깊은 아이들이라 비밀을 지켜주더라. 내가 다 고마웠어. 이제는 톨게이트 화장실도 의미가 없었어.

학교에 와서 나머지 아이들을 먼저 보내고, 그 아이를 조용히 남자 샤워실로 데리고 갔어. 같은 남자라서 다행이지 여학생이었더라면 씻겨주지도 못하고 누구한테 부탁하지도 못하고 나도 그냥 울었을지도 몰라. 부모님께 연락드려서 옷을 부탁했고, 그 사이 당황해서 울고 있는 아이를 씻겨줬어.

아이가 상처 받지 않게 웃으며 잘 씻기고 수건으로 닦아줬어. 그러고 나니 나도 이제 선생님인가보다 싶더라. 부모님이 오시고 옷을 받았어. 아이가 엄마를 찾길래 문밖에서 기다리고 있는 부모님께 아이를 먼저 보냈지. 그리고 손만 씻고 나갔더니 없더라. 벌써 가셨더라. 뭐, 하긴 그 상황에서 무슨 말을 하겠어. 그리고 놀랐을 아이를 먼저 챙기는 게 맞지. 그렇게 나는 다시 샤워실로 돌아와 개수대에 걸려 미처 떠내려가지 못한 것들을 마저 치웠어. 하, 오늘은 정말 난이도 최상이다.

엄마, 모든 직업에 다들 어려움이 있겠지. 엄마 말대로 몸은 더러워져도 마음이 더럽혀지지 않으면 된 거야. 이 정도쯤이야!

남자라서 미안해

엄마, 내가 남자 선생님이라 분명 좋은 것도 있는데 가끔은 힘들 때가 있어. 바로 오늘 같은 날이야.

수학여행을 갔어. 이 경주는 몇 번째 오는 건지, 이제는 내가 문화재 해설을 할 수 있을 것 같아. 나는 지겨워도 아이들은 처음이니까 모두들 잔뜩 들떠 있었어. 들뜬 마음이 피로로 바뀌어갈 때쯤 숙소에 도착했어. 내 얼굴에도 피로가 가득했어. 원래 아이들하고 학교 밖에 나오면 신경이 곤두서거든.

수련원 교육팀이 아이들에게 숙소 안내를 할 때 잠깐 짬을 내 교사 숙소 배정을 받았어. 이때부터 뭔가 찜찜함을 느꼈어. 보통 남자 교사 방 여자 교사 방을 따로 주는데, 여기는 한방을 줬어. 아, 물론 아파트처럼 화장실 하나에 거실 하나 방 두 개 달린 곳으로. 그래도 이건 아니었어. 작년에 계약할 때 분명히 이야기했을 테고, 수학여행단을 처음 받은 것도 아닐 텐데 말이야. 방 두 개를 이야기해서 방 두 개인 방을 줬다는 건 도무지 이해할 수 없었어.

맞아. 누굴 탓하고 화를 내는 건 문제 해결에 도움이 되지 않아. 우리가 다른 방을 요청했더니 숙박업소에서는 숙소의 방이 다 찼다며 인근 숙박업소의 방을 잡아줬어. 걸어서 5분 거리야. 교사가 아이들과 다른 건물에 있는 건 말도 안 되는 일이야. 그렇다고 성인 남녀가 방을 같이 쓸 수도 없고, 결국 숙소 교육팀 지도자의 휴식 공간에서 자는 걸로 결론 내렸어. 속상해하지 마. 어차피 밤에 잠도 잘 못 자. 혹자는 교사들이 애들 재워놓고 술 먹고 논다고 하는데, 사실 그럴 수도 없고 그럴 힘도 없어.

대신 교사 본부를 그 '방 두 개짜리' 큰방으로 했어. 아이들 방과 같은 층에 있었거든. 본부라고 뭐, 거창한 거는 아니야. 그냥 선생님과 비상약이 항시 있는 열린 방이야. 무슨 일 있으면 여기로 오라는 의미지.

저녁을 먹고 쉬는 시간에 교사 본부에 모두 앉아 있었는데, 문밖에서 우리 반 여학생 하나가 기웃거렸어. 처음에는 대수롭지 않게 여겼어. 장난치는가 했다가 또 오길래 무슨 일이냐고 물어봐도 아니래. 괜찮다고 들어오라고 해도 아니래. 선생님이 필요하냐고 해도 아니래. 혹 해서 내가 나가봤더니 휑하고 사라졌어.

복도를 잠시 둘러보았더니 다들 신났어. 지도자 선생님(옛날 말로 수련회 교관)들에게 호기심을 갖는 아이들, 집에서는 안 하던 방청소를 다 하는 아이들, 동물잠옷을 입고 돌아다니는 아이들, 조금 이따 선보일 장기자랑을 준비하는 아이들. 그런 아이들 사이로 혹시 몸 상태가 불편한 아이가 있는지 살펴봤어. 밤새 안 자고 놀 거라고 으름장 놓는 아이와 한바탕 장난을 치고 나서야 교사 본부로 돌아왔지. 본부에서 아까 그 여학생이 나왔어. 왜,라고 묻는 말에 아무

것도 아니라며 또 후다닥 사라져버렸어.

혹시 무슨 일 있는가 싶어서 여선생님께 여쭤봤더니, 별거 아니라는 듯이 생리대를 얻어갔다고 해. 아까부터 급하게 필요했는데 내가 있어서 말을 못 했나 봐. 그래, 여자들 사이에서는 별거 아닌 일일 수 있겠지만 그게 남자 담임선생님이라면 또 이야기가 다르겠지.

고학년이니까 혹시 해서 학기 초부터 나는 괜찮으니까 그런 어려움 있으면 이야기해도 좋다고 말했지만, 어디까지나 나만 괜찮았던 거야. 아, 내가 바보 같고 멍청하게 느껴졌어. 눈치가 없었지. 미안하다고 말하고 싶지만 그것도 기분이 이상했어. 다시 만난 아이가 잘 지내는 듯 보여서 별말 안 하고 그냥 모른 척했어. 사실 어떻게 하는 게 맞는지 판단이 잘 안 섰어.

내가 너무 아이들을 애기로 생각했었나 봐. 그 여자아이가 잠시나마 눈치 없는 나 때문에 당황했을 것을 생각하니 또 없는 머리털 쥐어짜게 된다.

그날은 성장이 서툰 여자아이에게도 여자가 서툰 남자 선생님에게도 참 어려운 하루였어.

트라우마

엄마, 난 버스를 타면 출발도 하기 전에 멀미가 나. 버스 냄새만 맡아도 두통에 어지러움이 생겨.

체험학습을 떠나면 대부분 버스를 타고 이동을 해. 새 차는 새 차 대로 오래된 차는 오래된 차대로 버스 고유의 냄새가 있지. 멀리 가야 할 때면 아이들이 멀미하지 않을까 걱정을 많이 해. 미리 약을 먹여 보내는 사람도 있지만, 선생님 책임일 경우가 많아.

나는 차에서 음식을 못 먹게 하는 편이야. 아이들 간식 냄새가 합쳐지면 멀미하는 경우가 많거든. 그날은 딱히 간식을 먹을 정도의 거리가 아니라 미리 이야기했어. 간식은 차에서 못 먹는다고. 그러자 아이들이 껌은요? 사탕은요? 주스는요? 하고 물었어. 물밖에 안 된다고 말해줬어.

사실 물도 안 먹이고 싶었어. 얼마 전에 다른 학교에서 소풍가는 버스에서 물을 먹다가 버스가 갑자기 속도를 줄이는 바람에 페트병 주둥이에 이가 깨지는 일이 있었어. 그리고 그 학부모는 담임교사의 관리 소홀로 배상을 요구했어. 웃기지? 근데 우린 웃을 수가 없어. 그래서 나도 몸을 사리느라 물도 안 된다고 한 적이 있어. 그날

33

바로 민원 전화가 오더라. 우리 애 목말라 죽으면 어떡하냐고. 아, 설마 그런 상황에서도 물 한 모금 안 줄까 싶었나 봐. 소풍 처음 가는 학년도 아닌데 말이지.

물밖에 안 된다고 하자 또 질문이 쏟아졌어. 보리차는요? 옥수수차는요? 이온음료는요? 결국 '냄새가 심하지 않은 액체류'라고 결론지어줬어.

왜 이렇게 예민하냐고? 작년에 아이가 버스에서 간식을 먹다가 바닥에 토를 했어. 그럴 수 있지. 흔들리는 차 안에서 음식을 먹으면. 그때 나는 운전기사님 눈치를 봐가며 다른 아이들이 놀리지 않게 주의시키면서 그 아이가 상처 받지 않도록 울컥거리는 속을 잘 달래며 마무리를 했어. 어른이고 선생님이라도 토 냄새는 쉽지 않더라. 버스는 잘 닦았음에도 냄새가 빠져나가지 않아. 창문이 없기 때문이야. 있어도 안전상의 이유로 못 열겠지만.

어쩔 수 없이 예정에 없던 휴게소에 들렀어. 한 번 더 청소를 하고 잠시나마 환기를 시켰지. 그리고 출발하려는데 입에 잔뜩 간식을 머금고 오는 그 아이를 발견했어. 자기는 속이 비면 멀미를 해서 비워낸 속을 다시 채웠대. 틀린 말은 아니었어. 하지만 일이 커지고 말았어. 아이는 휴게소에서 먹은 것들을 또다시 버스에 토해냈고, 결국 다른 아이들에게까지 멀미의 연쇄작용을 일으켰어. 아비규환이었지.

요즘 아이들은 버스를 잘 타지 않아. 가족 여행을 가도 보통 부모님의 자가용을 이용해. 홀로 버스를 타고 이동하는 아이들은 보기 드물어. 그러다 보니 버스는 아이들에게 소풍의 상징이 되어버려. 그런데 나쁜 기억을 심어줄 수는 없잖아? 참는 수밖에.

엄마, 트라우마는 쉽게 사라지지 않아. 아이들의 트라우마 대부분은 학교에서 생겨. 학교가 잘못한 건지, 아니면 학교에서 생활하는 시간이 많아서인지는 잘 모르겠어. 근데 학교에서 생긴 나의 트라우마는 어쩌지?

불온도서

수업을 마치고 교장선생님 전화를 받았어. 의논할 게 있으시대. 교장선생님의 직통전화를 받은 경우는 모 아니면 도야. 큰 실수를 했거나 급한 공문이 왔거나, 아니면 좋은 일을 직접 전달해주시는 경우야. 좋은 일이 있을 만한 건덕지가 없어서 잔뜩 긴장을 하고 내려갔어.

교장실 큰 원형 책상 위에 책이 한 권 올라가 있었어. 내 업무가 독서교육이라 학교 도서관의 일들이 다 내 일이거든. 뭐, 분실된 책이거니 했는데 말이지. 그 책은 성교육 주제 학습만화책이었어. 어찌나 인기가 좋은지 매년 낡아서 다 떨어져 새로 사는 책이야.

교장선생님께서 말씀해주셨어. 1학년 남학생의 학부모님께서 화가 나서 이 책을 들고 교장실로 오셨대. 아이가 혼자 방에서 이 책을 읽고 있어서 봤더니 너무나도 야한 책이더래. 어떻게 학교에서 이 책을 1학년 아이에게 대여를 해줄 수 있는지 화가 나서 찾아오셨나봐. 학부모가 가신 후 교장선생님은 어떻게 하면 좋겠냐며 나를 부르신 거야. 나는 어떻게 해야 할까.

학교에는 학생용은 물론이고 학부모용으로도 당연히 성인물이

들어오지 않아. 성교육은 학교에서 필수적으로 연 2회 이상 실시해야 하는 거고, 그 책은 전체 이용가로 등급 받은 아주 유명한 책이야. 주로 남녀의 신체와 사춘기의 변화를 알려주는 내용이기도 해. 물론 한번은 우리 반 아이가 호기심이 넘쳐 주요 장면을 몰래 찢어 소장하다가 나한테 들킨 적도 있긴 하지. 고학년이라면 괜찮은데, 저학년이라는 게 좀 마음에 걸렸어.

나는 말이야. 6학년 겨울에 만화로 성을 배웠어. 친구가 빌려온 《투명인간》이라는 야한 만화책으로 말이야. 연어알을 먹으면 투명인간이 된다는 뭐, 그런 내용이었어. 요즘은 인터넷이 발달되고 스마트폰이 생기면서 아이들이 좀 더 빨라진 건 사실이야. 마음만 먹으면 접하기도 쉽고. 매체도 다양해져서 원치 않아도 눈에 들어올 수도 있어.

그래서 말이야. 내 아이의 상황이라면 나는 자연스럽게 책에 관해 이야기를 나눠볼 것 같아. 생뚱맞게 이야기를 꺼내는 것보다는 관심 가질 때 잘 알려주면 좋을 것 같아. 야한 만화랑 성교육 학습 만화는 어디까지나 다르니까. 물론 어디까지나 이건 내 생각이야.

부장회의를 하면서 다른 선생님들 의견도 한번 여쭤봤어. 부모님이 조금 예민한 거 같다는 의견과 그래도 1학년은 너무 빠르다는 의견으로 나뉘었어. 요즘 아이들은 정보 노출도 많고 신체적 성장도 빨라. 정신적 성장이 옛날보다 빠른지는 잘 모르겠어. 그래서 몸은 어른인데 마음은 아이인 경우가 많아. 성기의 생김새나 아이가 어떻게 생기는지도 중요하지만, 월경, 몽정, 자위행위, 피임, 2차 성징에 대한 이야기도 정말 필요해.

근데 초등학교에서는 아이들마다 수준 차이가 너무 심해. 학부모의 뜻이나 선생님의 교육관에 따라서도 언제 알려줘야 할지에 대해 의견이 분분해. 그렇게 시기를 운운하면서 집에서는 학교에 미루고, 학교에서는 집으로 미루다 보면 결국 친구들끼리 상황을 해결해버려. 나처럼 말이지.

결국 도서관의 성교육 관련 도서를 전수조사해서 별도로 관리하는 걸로 결론이 났어. 생각보다 양이 꽤 되더라고. 어떤 내용이 아이들에게 나쁜 영향을 주려나 한 권씩 다 읽어보면서 결국 뒤늦은 내 성교육이 되어버렸어. 다시 말하지만 성교육 도서였어. 야한 소설이나 청소년 구독불가 서적은 아니었다고.

흑기사

엄마, 나보고 주 5일제라 토요일 쉰다고 좋겠다고 했지? 맞아. 공식적으로는 토요일은 휴무야. 근데 학교 나갈 때도 있어. 아이들이 나올 때는 말이야. 최근 자주 나갔는데, 마침 그날은 집에 있었어.

그렇게 주말을 알차게 보내고 돌아온 월요일의 학교는 난리가 났어. 오전부터 부장회의가 열렸지. 회의실 책상 위에는 우리 학교의 이름이 떡하니 적힌 지역뉴스 기사가 프린트되어 있었어. 아니 보통 00시 모 초등학교라고 하지 않나? 유명한 언론사는 아니지만 그렇게까지 할 일인가 싶었어. 주취자가 학교에서 난동을 부려 초등학교 안전관리에 구멍이 났다는 내용의 기사였어.

이런 기사 자체를 비난하려거나 사건을 은폐하려는 건 절대 아니야. 오히려 이런 기사로 안전시스템이 조금 더 촘촘하게 바꾸려는 시선들이 모이길 바랐어. 근데 기사를 보니까 너무 속상했어. 기자님이 학교 관계자에게 하나 물어보지도 않았어. 물론 현장에 있지도 않았어. 당시 있었던 학생의 이야기를 전해들은 학부모의 이야기를 바탕으로 기사를 쓴 거야. 나중에 따로 연락해서 내용이 조금 수정되긴 했지만, 학교가 받은 상처는 너무나 컸어.

엄마, 기사의 이야기는 이래.

지난 토요일 술 먹은 사람이 학교로 침입해 수업받고 있던 교실 앞에서 담배를 피우고 노래를 부르고 소리를 질렀다. 이 주취자는 당시 유일한 남자인 꿈나무 지킴이가 12시에 퇴근해서 아무 제재 없이 침입할 수 있었다. 아이의 연락을 받은 학부모가 와서 사건이 해결될 때까지 교사와 학생은 교실에서 떨었다. 이번 사건이 12시 5분에 일어났기에 근무시간이 5분만 조절돼도 막을 수 있었다.

한 학부모는 이렇게 인터뷰를 했어.

"학교에 남자가 한 명만 있었어도 교사와 학생들이 교실에서 공포에 떨지 않아도 됐다."

아마도 나를 가리키는 걸까? 알지? 우리 학교에 남교사 2명밖에 없는 거.

당시 현장에 있었던 여자 선생님의 이야기를 들었어. 아이들 수업이 12시에 마치는데 정리를 하다 조금 늦었나 봐. 복도에서 이상한 소리가 들려 나가 보니 술 먹은 사람이 소란을 피우고 있었대. 재빨리 아이들을 교실로 들여보내고 아이들을 지키고 있었대. 아이들은 2학년이었어. 선생님은 교감선생님께 연락을 드린 뒤 교실 문을 닫고 차분하게 아이들을 달래고 있었대. 경찰에 신고를 하고 기다리는 사이에 학교 가까이 있던 학부모가 오셨고, 주취자가 나가게 되었대.

아이들은 9시에서 12시 사이에 수업을 받아. 꿈나무 지킴이들은

9시에 12시까지 근무야. 왜냐면 근로기준법이 바뀌어서 일주일에 17시간, 하루에 4시간만 근무를 하실 수 있어. 시간표를 아무리 짜도 그렇게밖에 안 나와. 그러니까 '수업 종료 전 퇴근'이라는 말이 어찌 보면 오해를 부르기 좋지. 물론 하교 지도까지 수업이 아니냐고 지적한다면, 꼭 틀린 말은 아니지만. '학생 하교 전 퇴근'이라고 하면 좀 나으려나?

꿈나무 지킴이분들은 등굣길에 일찍 나와서 아이들을 돌봐주셔. 대부분이 아이들도 엄청 이뻐해주시고. 그리고 현장의 유일한 어른이었던 교사가 아이들을 지키고 곁에서 안심시킨 것은 잘한 대처였다는 것이 학교 입장이야. 내 입장도 그래.

물론 내가 거기에 있었다면 이야기가 달라졌겠지. 주취자로부터 아이들을 구한 영웅이 될 수도 있었겠고, 과잉대응이나 남교사의 폭행사건으로 기사가 날 수도 있었겠다. 내가 이야기하고 싶은 건 기사의 초점이야. 남자는 학교를 지키는 호위무사로, 여자는 겁 많은 사람으로, 꿈나무 지킴이는 나태한 사람으로 그렸다는 거지. 그 점에 화가 나.

기사의 내용처럼 술 취한 사람이 아니고 칼 든 사람이었다면 정말이지 큰 일 날 뻔했어. 정말 학교 안전대책 수정이 필요하다는 것은 인정해. 오히려 언론이 세상에 이런 사정을 알려줘서 고마워. 비단 우리 학교만의 일은 아닐 테니까. 근데 그 여자 선생님이 겁쟁이처럼 교실에서 벌벌 떨고 있지만은 않았다는 거야. 침착하게 아이들을 지켰다고. 아이의 위험 앞에서 물불 안 가리는 부모님들처럼 선생님들도 남자건 여자건 젊건 늙었건 학생들 위험 앞에서는 용기를 낸다는 사실을 알아줬으면 해. 기사 댓글에는 현장의 선생님들을 비아냥거리는 댓글이 주로 달렸어. 그래서 속상했어.

그 사건 이 후로 모든 출입구에 도어록을 설치했어. 조금 불편하긴 해도 안심은 되더라. 하지만 내 바람과는 달리 안타깝게도 제도의 개선은 없었어.

학교는 마음만 나쁘게 먹으면 학부모인 양 들어올 수도 있어. CCTV는 후속조치일 뿐이고, 사방에 위험요소 천지야. 외국처럼 나쁜 사람이 정말 마음을 못되게 먹고 들어오면 어떻게 해야 하지? 칼 든 사람은 남교사나 꿈나무 지킴이분들뿐만 아니라 경찰관들도 막기 힘들어. 한 번씩 내가 생각해도 아찔해. 교대에서 호신술, 제압술을 가르쳐 주진 않더라고.

엄마, 집으로 돌아오는 길에 화단에서 참새가 지저귀는 소리를 들었어. 궁금해서 가까이 갔지만 참새는 도망가지 않았어. 참새가 자리를 뜨지 못하는 이유는 두 가지겠지? 누군가를 기다리고 있거나 지키고 싶은 것이 있거나. 내가 가까이 갈수록 크게 지저귀는 참새가 안쓰러워 발걸음을 돌렸어. 아니 뭐 그냥 그랬다고.

불안전사고

엄마 걱정할까 봐 말 안 했는데, 나 수험생 때 죽을 뻔했잖아. 도서실에서 공부하고 있는데 사이렌이 울렸어. 다들 오작동이니 하며 시끄럽다고만 생각했어. 이윽고 탄내가 나기 시작했고, 모두들 건물 밖으로 나갔어. 다행히 큰 불은 아니었어. 1층 꽃집 간판이 누전으로 불이 붙었대. 우리는 7층이었고 부슬비가 와서 불이 크게 번지지 않았나 봐. 다행이지. 그때부터 사이렌 소리에 좀 예민해졌어.

큰 안전사고가 일어난 뒤 학교에서는 의무적으로 대피훈련을 실시해. 지진, 화재, 학기마다 한두 번씩 진행해. 주로 수업결손이 적은 2교시 3교시 사이 쉬는 시간을 활용해서. 대피방송이 나오면 정해진 대피로를 따라 소집장소에 가는 훈련이야. 사고가 일어났을 때 우왕좌왕하지 않고 대피할 수 있도록 미리 경험해보는 일이지. 안전사고에 대한 정보도 제공해줄 수 있어 유익한 시간이야.

오늘이 바로 그 안전사고 대피훈련의 날이야. 주간 학습계획표에도 훈련이 있다고 알려줬어. 아이들도 오늘이 그날인 것을 알고 있는데, 1년에 두어 번이라도 몇 년을 하면 익숙해지나 봐. 6학년 녀석들은 설명이 따로 필요 없을 정도로 잘 따라. 별다른 설명도 필요 없이 "오늘 2교시 마치고 쉬는 시간에 대피훈련이 있으니까 어디 가지 말고 교실에 있어"라고만 하면 돼.

드디어 대피방송이 들렸어. 아이들이 하던 학원 숙제를 잠시 덮고 앞문 뒷문으로 나가. 먼저 나간 학생은 복도에서 친구를 기다리지. 주머니에 손을 꽂고는 계단을 통해서 설렁설렁 내려가. 오늘은 합법적으로 운동장에 실내화를 신고 나가는 날 정도로 생각하나 봐. 나는 맨 뒤에서 아이들을 따라 운동장으로 나가. 먼저 온 반이랑 지금 나오고 있는 반이랑 뒤섞여. 마지막으로 온 나는 학급회장한테 물었어.

"애들 다 왔어?"

"몰라요."

"어서 세어 봐."

"하나 둘 셋……. 야, 좀 가만히 있어 봐! 하나 둘 셋……."

그쯤 되면 교장선생님의 말씀이 시작돼. 모두들 잘했다며 안전한 생활을 하자고 당부하시지. 그리고 이어지는 안내방송.

"올라가면서 실내화 잘 털고 들어가요."

긴장감 하나 없는 안전사고 대피훈련은 이렇게 끝이 나.

저학년인 경우는 또 달라. 아이들이 신이 나. 교실 밖으로만 나가면 행복한 아이들이야. 질문도 많지.

"뛰어도 돼요?"

"실내화 갈아 신어요?"

"가방은 어떻게 해요?"

"줄 서야 해요?"

"짝꿍이랑 같이 가요?"

그냥 나가라고 하면 안전사고 피하려다 안전사고가 나니까 어쩔 수 없이 줄 서서 같이 나가는 경우도 있어. 실제로 사건이 일어나도 어린 학생들은 개별 대피보다 단체 대피가 더 안전할 거야.

엄마, 만약 실제로 이런 상황이 일어났을 때 아이들이 훈련대로 움직여줄까? 상상해봐. 수업 도중에 화재 경보가 울리겠지. 그럼 나는 아이들을 대피시켜야 할 거야. 화재 상황에서 밀폐된 방송실로 들어가 방송할 사람은 없을 테니까. 아이들이 늘 가르쳤던 대로 당황하지 않고 대피로를 통해 정해진 곳으로 갈 수 있을까. 교실이나 화장실에 남아 있을지 모를 아이들을 확인하고 나도 탈출하면, 우리 반 반장은 내가 일러줬던 대로 "총 23명 중에 22명 있어요. 누구누구가 안 보여요!"라고 내게 보고 할 수 있을까. 정말 가끔은 모의 대피훈련을 예고 없이 해보고 싶어. 몰래카메라처럼 수업 시간에 갑자기 사이렌 울리고 대피를 시켜보고 싶어. 진정한 대피 훈련이 되겠지만, 행여 어린아이들이 놀라거나 다칠 수도 있겠지. 그걸 감수할 수 있을까 자신이 없네.

나름 머리를 썼어. 아이들과 이야기를 해서 우리 반만의 대피 훈련을 만들었지. 종례 시간에 예고 없이 컴퓨터로 사이렌을 틀기로. 그럼 아이들은 질서를 지켜서 교실 밖으로 탈출하면 성공이야. 다른 게 있다면 가방을 들고 나가는 거지. 교실 밖으로 탈출한 아이들은 그대로 집으로 가면 돼. 3초. 우리 반 최고 신기록이야. 처음에는 버벅거리더니 몇 번씩 반복하니까 사이렌 소리에 자동으로 반응하더라. 우리 반은 일단 교실에서 탈출하는 것은 1등 할 자신이 있어.

그래도 아이들 평생에 이런 훈련을 실전에서 써먹을 일이 없기를 바라.

안전사고란 말은 참 이상해. 안전하지 못해서 일어난 사고니 불안전 사고라고 해야 하는 거 아닌가? 안전이란 단어와 사고란 단어는 반대 의미인데 붙여서 안전사고래. 안전한 사고 같게 느껴져. 조금 무서운 말로 바꾸면 더 조심하게 되려나. 아무튼 첫째도 안전, 둘째도 안전, 셋째도 안전!

엄마 아들, 오늘도 무탈하게 퇴근합니다.

달걀의 저주

난 내가 비위가 좋은지 알았는데 아니었나 봐. 오늘 오랜만에 구역질을 했어. 아, 내일 학교 가기 정말 싫다.

어버이날이 되면 한 번씩 이벤트성 프로젝트를 해. 물론 앞으로는 절대 안 할 거지만. 이번엔 아이들에게 날계란을 줬어. 그러고는 어버이날까지 3일 정도 학교에서 키우게 했지. 뭐, 에디슨의 알 품는 이야기랑은 조금 달라. 그런 과학적인 메시지보다는 부모님이 우리를 어떻게 키웠는지에 대한 교훈적 메시지를 노린 거지.

아이들에게 계란을 하나씩 주고 일단 자세히 보라고 했어. 계란을 자세히 보면 흠이 나 있기도 하고, 지저분하기도 해. 그림 속 맨질맨질하고 동글한 모습만은 아니지.

"이 달걀은 앞으로 너희들의 아이가 될 거니까 이름을 지어줘."

이 말에 몇몇 아이들이 앞으로 나와 계란을 바꿔 달라고 했어.

"자식이 흠이 있다고 바꿔달라는 부모가 있을까?"

준비된 내 메시지에 아이들은 조금 진지해졌어. 노림수가 통한 거지.

이제 아이들은 날계란을 자식처럼 키워. 다른 사람이 못 건드리게 하고, 씻은 우유갑을 휴지로 채운 뒤 계란을 넣고, 손에 꼭 쥐고 다니고, 사물함에 넣고······.

그래도 꼭 하루에 한둘은 깨먹어. 깨진 계란을 치우며 서럽게 우는 아이들도 있고, 앞으로 계란을 안 먹겠다는 아이들도 생겨.

내가 말하고 싶은 이야기는 여기서부터야.

우리 반 사물함 위는 인조잔디 매트가 깔려 있어. 뭔가 푸른 느낌이 좋아서 깔아놨지. 아이들 작품 전시할 때도 뭔가 있어 보이더라고. 그게 이 사단의 시작이야. 우리 반에 조금 괴짜스러운 아이가 그 위에다가 계란을 올려놨어. 불안해서 다른 곳에 두면 안 되겠냐고 타일렀지만 소용없었어.

"내 그럴 줄 알았다."

맞아. 쉬는 시간에 가지고 놀다가 그 위에 깨뜨려버렸어. 인조잔디라 떨어뜨려도 안 깨질 줄 알았대. 더운 날씨에 날계란의 비릿한 냄새는 교실을 진동시켰어. 더욱이 인조잔디의 틈 속으로 계란이 기어들어가 닦을 수도 없었지. 결국 난 인조잔디 매트를 버리기로 했어. 바닥에 흘러내린 계란을 처리하면서 아이에게는 사물함 위를 닦으라고 했지. 아이들이 가고 나서도 내가 한 번 더 닦았지만 계속 냄새가 올라왔어.

다음 주가 되었어. 그날 일은 주말 사이 모두 잊고 하루를 시작했어. 점심시간이 되어 청소를 하는데, 그 아이는 칠판 담당이었지. 오늘은 걸레로 칠판을 닦아달라는 내 부탁에 아이는 해맑게 대답했어. 그런데 5교시가 되어 돌아온 교실은 아비규환으로 변해 있었어. 계란 썩은 냄새가 교실에 진동했지.

'그럴 리가 없는데…….'

모든 계란은 금요일에 다 집으로 돌려보냈거든. 그리고 분명히 오전에는 냄새가 안 났었어.

아이들이 앞다퉈 제보를 했어. 칠판에서 냄새가 난다, 금요일에 계란을 깼던 그 아이가 걸레질해서 그렇다. 소란스러운 분위기 속에서 상황이 파악되었어. 아! 그날 아이는 교실 걸레로 계란을 닦았고 그대로 사물함에 처박아둔 거야. 주말 내내 더운 날씨에 사물함에서 계란은 썩었을 테지. 그리고 오늘 그 걸레로 그냥 칠판을 닦았던 거야. 정작 본인은 비염 때문에 냄새를 못 맡았다나.

고통을 호소하는 아이들 때문에, 아니 칠판에서 제일 가까운 내가 현기증이 나서 오후 수업은 다른 교실에서 할 수밖에 없었어. 친구들에게 한마디씩 듣는 아이에게 나까지 혼내면 안 될까 봐 같이 닦으면 된다고 했지만, 정말 쉽지 않았어. 닦는다고 칠판에 물기가 닿을수록 냄새는 더 진해졌어.

과학실에서 초를 빌려서 초를 켜두고, 커피숍에서 원두가루를 얻어서 올려두고, 물티슈에 퐁퐁을 묻혀서 몇 번을 닦고, 마트에서 방향제를 사서 한 통을 다 뿌려도 소용없었어.

아이들은 이 사건을 '죽은 계란의 저주'라고 불렀어. 내가 먹는 음식으로 장난쳐서 그렇다나? 그런 것 같기도 해서 할 말이 없었어. 두고두고 추억할 일이 하나 생겨 버렸네.

근데 엄마, 그날 급식에 나온 계란말이는 모두들 잘만 먹더라.

수련

엄마, 나 4학년 때 보이스카웃 수련회 갔을 때가 생각나. 생존 훈련이었어. 강 한가운데에서 구명조끼를 입히더니 우리를 다 빠뜨리더라. 헤엄쳐서 뭍으로 가라고. 그날 십 분 만에 난 생존 수업을 다 배웠어. 빨리는 못 가도 오래 떠 있을 수는 있어. 요즘 그렇게 수련회를 하면 뉴스에 크게 날 거야.

뉴스 봤어? 바다로 해양훈련을 간 아이들이 해류에 쓸려 돌아오지 못했대. 안타까운 일이야. 그 사건 이후로 수련회의 모습이 많이 바뀌었어. 수련보다는 휴양에 가깝지. 학교에서는 안전사고예방 지침이 더 자세하게 내려왔고, 수련원 측에서도 몸을 사리기 시작했어. 교육보다도 안전사고 예방이 더 중요한 목적이 되었어. 물론 아무리 좋은 교육도 안전한 상황 속에서 이뤄져야 한다는 것에 그 누구도 반대하지 않을 거야.

올해는 수련회의 대부분을 병원에서 보냈어. 짚라인을 타는 프로그램이 있었는데, 시기가 시기인 만큼 아이들의 자율에 맡겼지. 예전처럼 윽박지르며 시키지 않아. 그러면 큰일 나. 뭐가 맞는지는 모르겠어. 아무튼 대부분 남자아이들은 재미있어서 좋다고 타고,

여자아이들은 무섭다고 거의 안 했어. 개중에는 신나게 타는 용감한 여자아이도 있었고, 겁 많은 남자아이도 있었지.

그 겁 많은 남자아이가 안 탈 줄 알았는데, 용감하게 도전하겠다고 나섰어. 근데 어째 시작부터 불안했어. 출발을 하지도 못하고 무서워했지. 말리는 교관과 부추기는 친구들 사이에서 갈등했어. 그러다 어느 순간 아이의 발이 난간에서 멀어졌고, 아이는 멋지게 미끄러져 내려왔어. 하지만 마지막에서 힘이 풀렸는지 손잡이를 놓치며 보호 매트에 부딪혔어.

그 용기에 칭찬해주러 달려가니, 아이는 목을 자꾸 매만지고 있었어. 괜찮다고 하는 보건 선생님 말에도 혹시나 하는 마음에 아이를 데리고 인근 정형외과로 갔어. 엑스레이 촬영 결과 다행히 타박상 진단을 받았어. 활동에 큰 문제없다는 소견도 받았지.

아프다던 아이는 숙소로 돌아가서는 아무렇지 않게 장기자랑도 하고 몸 장난도 쳤어. 가정에 상황을 알려드리려 전화했더니, 아이 엄마께서는 원래 엄살이 심한 아이라며 오히려 사과를 하셨어. 그리고 그런 거 엄청 무서워하는 데 도전했다는 것에 신기해하면서도 대견해하셨어.

수련은 몸과 마음을 굳세게 한다는 뜻이야. 아이들이 학교에서는 미처 느끼지 못했던 것들을 학교 밖에서, 부모의 그늘 밖에서 느끼게 만드는 것이 목적이지. 나는 프로그램 내용보다는 아이들의 순간의 감정이 더 중요하다고 생각해. 아이들에게 못하는 것 앞에서의 두려움, 잠시나마 부모 곁을 떠났다는 외로움, 마음 맞지 않는 여러 친구들 속에서의 괴로움을 경험하게 해주는 것은 꼭 필요해. 특히 요즘처럼 주변에서 다 해결해주는 환경에서는. 그런 경험이 아이들의 성장에 큰 도움이 될 거야.

하지만 요즘은 학교도, 수련원도, 학부모도, 학생도 점점 예민해져 가기만 해. 안전사고, 학교폭력, 불안감이라는 걱정에 아이들은 지나칠 정도로 보호받고 있어. 보호가 나쁜 것은 아니지만 어느 정도 자립심을 길러줄 필요도 있다고 봐. 가끔 보면 도가 지나쳐 정작 중요한 것을 배워야 할 시기를 놓쳐버려.

아이들이 배워야 할 것은 꼭 밝은 면만은 아니야. 밝은 면 어두운 면 둘 다 볼 줄 알도록 가르쳐야 해. 그리고 스스로 밝은 쪽을 선택할 수 있게 해줘야 해. 그게 교육이라 생각해. 어두운 면을 어른들이 잠시 손으로 가려줘도 언젠가는 마주하게 돼. 덮어주기보다는 그 안에서 무엇을 봐야 할지 알려줘야 해.

난 아이들이 마냥 행복한 것도 좋지만 선생님이 안아줄 수 있는 품 안에서는 나쁜 감정도 느껴봤으면 좋겠어. 예방주사 맞듯이 말이지. 아이들이 나올 사회는 연습 없는 실전이니까.

이런 고민을 하는 사이에 장기자랑으로 차력을 하는 그 아이가 보였어. 다행이야.

학교 괴담

나는 귀신이 세상에서 제일 무서워. 그럴 때마다 엄마는 귀신보다 사람이 제일 무서운 거라고 말해줬지만, 아니야. 그래도 귀신이 제일 무서워.

한 번씩 야근을 할 때가 있어. 일이 몰리는 시기에. 학교에서 조금만 더 하고 가자라고 마음먹으면 어느새 밤이 찾아와. 정신 차려 보면 우리 교실에만 불이 켜져 있지. 교실 안에서는 무섭지 않아. 교실 불을 환하게 켜고 노래도 틀어놓으면 내 방처럼 익숙하고 아늑해.

문제는 일을 마치고 교실에서 나설 때야. 화장실에 들어서는 순간부터 무서워. 볼일을 보는데 왜 자꾸 뒤에서 문이 열릴 것 같지? 갑자기 불이 꺼질 것만 같고, 세면대 거울 속에는 꼭 누가 있을 것만 같아.

계단, 복도도 만만치 않아. 불을 끄고 가야 하기에 늘 핸드폰 조명에 의지해서 걸어. 늘 걷던 복도인데 왜 끝이 길어 보일까. 저 끝에서 느껴지는 인기척은 무엇일까. 옆반 빈 교실 책상에는 누가 엎

드려 있는 것 같아. 비상등 조명은 착시를 일으키고, 소화전은 왜 또 빨간 거야? 나가기까지 5분도 안 걸리는데 한 시간 같아 진땀을 빼. 퇴근을 알리러 당직 주사님께 가고 나서야 안심이 돼. 수고 많다는 주사님의 인사말에 내가 더 감사함을 느껴. 밤마다 순찰 도는 주사님은 안 무서우실까.

바보 같지? 아이들은 이런 내 모습을 알까? 알면 뭐라고 할까? 낮에는 세상에 귀신이 어딨냐고 큰소리치던 선생님이 밤에는 무서워서 학교 화장실도 잘 못 가. 사실 그래서 나는 아이들에게 무서운 이야기도 잘 안 해줘. 내가 무섭거든. 아무튼 오늘도 귀신은 없었어.

그런데 말이야 엄마. 요즘에는 밤에 혼자 남아 일할 때 혹시나 복도에서 누군가를 마주친다면 그게 차라리 사람이 아니고 귀신이면 좋겠어. 어릴 적 엄마가 해준 말이 이제 이해가 돼.

스킨십

어릴 때 아침마다 엄마가 쭈까쭈까해서 나 깨워줬는데. 좀 커서는 싫다고 짜증냈지만 사실은 좋았어.

요즘 아이들 성장이 너무 빨라. 조금 과장하면 어른 같은 아이들도 있어. 잘 먹어서 그런가 방학만 지나면 쑥쑥 자라서 와. 내 자식인 양 든든한 게 보기 좋아. 그런데 대부분 몸은 큰데 마음은 아직 애기들이 많아. 초등학생은 역시 초등학생인가 봐.

아이들에게 가장 좋은 감정 표현은 스킨십이라고 생각해. 수많은 표현방법이 있겠지만 가장 기본적이고 본능적인 건 스킨십이 아닐까 해. 머리를 쓰다듬어주거나, 어깨를 두드려주거나, 손을 잡아주며 말로는 전하기 힘든 감정을 나누는 거지. 알아. 요즘 같은 세상에 얼마나 위험한 생각인지. 그래서 생각만 해.

사실 인간 교사가 인공지능 교사를 이길 수 있는 건 이것뿐일지도 몰라. 따뜻한 마음을 나눠주는 일이니까. 하지만 아쉽게도 아이의 심리적 안정보다는 교사의 안위를 위해서 금기가 되어버렸어. 특히 나 같은 남교사들에게는 더더욱 안 될 일이야.

나 어렸을 때 우리 선생님께서 어깨 한번 토닥여주면 그렇게 힘이 났었는데. 마지막 날 꼭 안아주시면 그동안 섭섭한 감정 다 풀렸었어. 백 마디 위로보다 머리 한번 쓰다듬어주고 가시면 얼었던 마음이 다 녹아버렸지. 그 감정을 나는 선생님이 되어서도 나눠줄 수 없게 되었어.

한 명의 피해자를 줄이기 위해서 백 명의 잠재적 가해자를 만드는 게 효율적인 사회적 시스템인 거 알아. 아이들이 언제 어디서 상처 받을 수 있으니 어른들이 더 조심해야지. 오해 받을 원인을 제공하지 않는 게 더 나을 것 같아. 단체 줄넘기 때 줄 속으로 들어가라고 등 밀어준 것이 속옷 만진 거라고 오해 받고, 머리 쓰다듬어줬다고 아이들 입에서 성추행 소리를 들어. 그러면서까지 스킨십을 할 필요는 없지.

엄마, 학교가 이러다 정말 온기를 잃어버릴까 겁이 나. 하지만 감당해야겠지. 어딘가에는 줄넘기 핑계로 속옷을 만지고, 격려를 핑계로 나쁜 손 내미는 사람이 있을지 모르니까.

교육감

엄마, 혹시 우리 친척 중에는 교육감님 없어? 교육장님이라도 괜찮은데.

지금은 없어졌지만 학업성취도 평가가 전국적으로 초등학교까지 내려왔던 적이 있었어. 그 결과로 학교별 서열을 정하지 않겠다고는 했지만 순위는 공개되었어. 부진학생의 비율까지도 말이야. 학교는 너나 할 것 없이 아이들에게 공부를 시키기 시작했어. 학교 평가에 부진학생 비율의 변화가 들어갔기에 어쩔 수 없었어.

우리 반도 그 흐름에 벗어나지 못했지. 학교에서 만들어준 문제집을 풀어야 했고, 중간고사 기말고사 외에도 단원평가나 모의평가를 봐야 했어. 물론 교육과정에 없으니 수업시간을 쪼개서 해야 했지. 많은 선생님들이 반대의 목소리를 냈지만 변하는 건 없었어. 그렇게 시험은 다가왔지.

피할 수 없으면 즐기라고 했던가. 이왕 이렇게 된 거 아이들에게 공부하는 방법을 알려줬어. 어차피 중고등학교에 가면 시험공부를 할 테니까 미리 알려주는 것도 괜찮겠다 생각했어. 공부 계획표 짜는 것부터 오답 노트, 정리 노트 만들기까지 알려줬지.

유독 학원에서 내준 숙제에 집착하는 아이가 있었어. 종종 그렇게 학교 숙제보다 학원 숙제를 더 중요하게 생각하는 가정이 있어. 아이도 그렇다 보니 학교에서 할 일들이 조금씩 밀리기 시작했어. 남아서 마무리 짓고 가라니까 학원에 가야 한다며 집에서 해오겠다고 했어. 대수롭지 않게 그냥 보냈어.

다음 날 출근길에 아이의 엄마에게 전화를 받았어. 전화벨소리부터 날카로운 것이 뭔가 불안했지. 역시나 첫마디부터 곱지 않았어. 아이가 요즘에 공부한다고 힘든데 이런 걸 숙제로 냈냐며, 이게 공부가 맞냐며 소리를 질렀어. 화가 난 사람에게 자초지종을 설명하긴 어려운 일이었지. 나는 내가 공부한 대로 영어 단어를 쓰면서 외우게 시켰어. 눈으로만 보는 것보다 쓰면서 외우면 더 기억에 오래 남거든. 아이가 밤늦게까지 했는지, 아침에 생각나서 했는지는 모르겠지만, 하여튼 엄마는 화가 나셨어. 게다가 엄청난 이야기까지 하셨어.

"우리 애 아빠가 ㅇㅇ지역 교육감이랑 친한데……."

아니, 여기서 왜 교육감님이 나오지? 아이 엄마는 내 교육방식이 어쩌고저쩌고 하면서 계속 화만 냈어. 결국 내가 죄송하다며 다른 과제를 내겠다고 했지. 그랬더니 알겠다며 전화를 끊으셨어. 교실에서 아이 얼굴을 똑바로 쳐다볼 수가 없었어. 나는 교사지 성인聖人이 아니거든.

뭐, 별다른 일 없이 그날 하루가 끝이 났어. 무덤덤했던 아침과는 달리 나도 슬슬 약이 오르기 시작했지. 교육관이 맞지 않아 서로 이야기를 주고받을 수도 있고, 아이가 힘들어하는 점을 항의할 수도 있지만, 아침부터 다짜고짜 전화로 화를 낼 문제는 아니었다고 봐.

"오전에는 감정이 너무 격해서 미처 이야기를 다 못 드렸어요. 지금 통화 가능 하실까요?"

전화를 해서 이렇게 말할까 몇 번이나 망설이다가 그냥 말았어. 괜한 감정싸움만 될까봐.

엄마, 어디까지가 내 일일까. 선생님이니까 늘 참아야 하는 건가. 근데 만약 교육감은 이런 이야기를 들으면 누구 편을 들어주실까?

통합교육

엄마, 아이가 배 속에 있을 때 태아 기형검사라는 것을 했었어. 대부분 하는 건데 뭐가 그렇게 무섭고 불안했던지. 누가 뭐래도 이미 심장 소리를 넉 달이나 들은 내 아이인데.

학교에는 특수학급이 있어. 학교에 따라 다르겠지만, 장애를 가진 아이들 중에서 일반 학생과 같이 공부할 수 있다고 판단되는 아이들은 일반 학교에서 함께 공부하게 돼. 비율이 높지는 않아. 일반 학교에 오는 장애 아이들은 몸이 불편하거나 발달이 늦은 아이들이 대부분이야. 나도 벌써 몇 명의 학생과 함께 시간을 보냈어.

요즘에는 장애에 대한 인식이 많이 바뀌어서 일반 아이들이 잘 챙겨주고 무리 없이 지내는 경우가 많아. 장애 학생과 일반 학생이 함께 생활하는, 가장 이상적인 통합교육의 모습이지. 아이들에게 조금 힘들 때도 있겠지만 어려서부터 좋은 마음을 키울 수 있는 기회가 되기도 하지. 사실 어른이 되어서는 장애인과 마음을 나눌 기회가 많지 않으니까.

하지만 늘 화목한 것만은 아니야. 어려울 때도 있어. 마음이 조금 아픈 아이들은 가끔 친구들을 힘들게 할 때가 있어. 어른인 나도 감당하기 어려울 때가 있는데, 또래 친구들은 오죽하겠어. 아무리 착한 어린이라고 할지라도 아직 어린아이일 뿐이니까. 그렇게 불만이 쌓이다 보면 아이들이 감정이 넘칠 때도 있어.

교육자료에 예비장애인이라는 말이 나와. 우리도 언젠가는 장애인이 될 수도 있다는 뜻이 담긴 말이야. 틀린 말은 아니야. 하지만 아이들에게 뭔가 느낌을 주는 말도 아니지. 가끔씩 "야, 이 장애인아"라는 믿을 수 없는 말을 욕이라고 내뱉는 아이들을 보면 마음이 철렁 내려앉기까지 해. 어떻게 그런 말이 아이의 속에서 나오게 되었는지는 몰라도 참 못된 말이야.

수년 전에 우리 반에서 함께 생활했던 아이가 떠올라. 자폐장애가 있었고, 그로 인해 지적장애가 왔고, 훗날 사고로 인해 신체장애까지 온 친구였어. 아이를 처음 만난 날, 나의 고등학교 시절이 떠올랐어. 자폐장애 시설에 봉사활동 갔었는데, 그때 해준 자원봉사자의 말이 생생하게 되살아났지.

"저분들도 우리랑 표현이 다를 뿐 똑같이 느끼고 생각해요."

내가 그 아이에게 해줄 수 있는 건 다른 아이들과 최대한 똑같이 해주는 일이었어. 눈을 맞춰주고, 웃어주고, 이야기해주고, 칭찬해주는 일이었어. 그리고 다른 아이들의 마음도 헤아려주는 일이었지. 노력이 조금은 통했는지 한 번씩 같이 어울려 노는 모습을 발견하기도 했어. 서로를 가로막고 있던 장애라는 벽이 허물어지는 순간을 목격한 거지. 아마 아이들이니까 가능하지 않았을까 싶어. 지금 같으면 그 광경을 사진 찍어 부모님께 보내드렸을 수 있었을 텐데, 아쉬움이 남아.

나도 알아. 지적장애를 가진 아이가 일반 학교에 다니는 것은 특수학교를 다니는 것보다 비효율적이야. 사실 아직 우리 사회는 장애를 특별하지 않게 받아들이기에는 준비가 덜 되었거든. 하지만 장애 아이가 일반 학교에서 지낼 때 당장은 모두가 힘들지 몰라도 서로가 귀한 체험을 나눌 수 있어.

지금부터라도 잘 가르쳐야겠어. 장애는 그 누구의 잘못도 아니라고. 장애 학생은 나와 조금 다른 친구일 뿐이라고.

엄마, 우연히 길거리에서 특수학교에 진학한 그 아이를 보았어. 나는 반갑게 인사했지만, 아이는 섭섭하게도 아무런 반응을 보이지 않았어. 잘은 모르겠지만 아마도 마음속으로는 나를 반가워했겠지?

우리 오빠 알아요?

엄마, 혹시 ADHD라는 단어 들어봤어? 과잉행동 주의력결핍장애라는 병이야. 예전에는 그냥 '산만한 아이'였는데, 요즘에는 이렇게 무서운 병명을 붙여버렸어.

ADHD 진단을 받은 아이를 몇 번 만나 봤어. 산만했어. 조금 많이 산만했어. 그래도 병이라 생각하면 이해 못할 것도 아니야. 정확한 원인이 밝혀지지는 않았지만 약물치료를 통해서 어느 정도 치료 효과를 얻을 수 있어. 예전보다 많이 알려지면서 관련된 정보도 많이 얻게 되었어.

우리 반에 조금 다혈질인 아이가 있었어. 어떨 때는 조금 부산스럽기도 하고 유난스럽기도 했어. 그러다가도 의아하게 조용한 날도 있었어. 그냥 무슨 일 있었나 모른 척해주기도 했어.

그러나 정도가 지나쳐 나한테 혼이 난 적도 많아. 종종 다른 친구들에게 정말 매섭게 굴 때가 있었어. 갑자기 왜 저러는 건지 이해할 수 없었어. 내가 만난 아이의 부모도 그렇게 차가운 사람이 아니었는데 말이야.

과학 글짓기 교내 대회가 있었던 날이야. 나는 대회 감독을 하고 있었지. 불쑥 한 여자아이가 다가와 물었어.

"우리 오빠 알아요?"

이럴 때는 분명히 그 오빠가 우리 반인 거야. 동생의 생김새와 이름만 봐도 떠오르는 아이가 하나 있었어. 다혈질이라는 그 아이. 여자아이는 그 아이의 여동생이었어. 오빠를 맞히는 나를 신기해하며 여자아이가 말했어.

"우리 오빠 ADHD 약 먹는대요."

아! 왜 난 몰랐을까. 아이는 ADHD를 앓고 있었구나. 한 번씩 아이가 처져 있는 날이 약을 먹고 온 날이었음을 왜 눈치 채지 못했을까. ADHD 약을 먹으면 아이가 다른 사람이 돼. 식욕을 잃고 축 처져. 졸지는 않는데 눈에 초점이 없다고 해야 할까. 아무튼 내가 진작 알았더라면 그렇게 혼내지는 않았을 텐데……. 아무튼 이제라도 알게 되어 정말 다행이라는 생각이 들었지. 그 후 나는 아이를 마주하는 방식을 조금은 바꾸었어.

내가 ADHD에 대해 말하는 것을 그 아이 부모님이 원하시는 것 같지 않아 보여서 졸업할 때까지 모른 척했어. 아마 부모님은 내가 선입견을 갖게 될까봐 또는 아이의 상태가 크게 나쁘지 않아서 말씀을 안 하셨을 거야. 더욱이 올해 초에 전학을 왔기 때문에 담임선생님에게 말하는 것이 더 어려웠을지도 몰라.

엄마, 실은 내가 못 미더워서 부모님이 말을 안 했을까? 내가 그 아이의 부모였다면 나는 어떻게 했을까? 무엇이 정말 아이를 위한 일이었을까?

　매년 아이들이 바뀌고 매번 다른 아이들을 만나는 교실에서는 늘 이렇게 예상 못한 일이 생겨. 그래도 흔들리면 안 되겠지? 나는 선생님이니까.

교실 일기예보

　교실에 들어가면 수많은 시선을 느껴. 자연스러운 일이야. 학생과 눈을 맞추고 이야기를 해야 하니까. 그런 나의 표정에 따라서 아이들의 기분이 달라지기도 해. 아이들이 아무리 눈치가 없다고 해도 담임선생님의 표정 변화 정도는 금세 알아채. 내 표정은 결국 그날 하루의 교실 분위기 예보이지.

　교실 날씨 맑음. 내가 기분 좋은 날이면 아이들도 덩달아 신이 나. 내가 교실 들어갈 때부터 웃고 있으니까 아이들이 긴장하지 않아. 당연히 장난도 많아지고 말도 많아져. 교실이 활발해지니까 수업도 잘 진행되고 시간도 잘 흘러. 벌써 집에 보낼 시간인가 느껴질 때도 있어.

　교실 날씨 흐림. 나라고 매일 기분 좋진 않아. 날씨가 안 좋거나 몸 상태가 안 좋을 수도 있어. 혹은 일이 너무 많아서 정신이 없어 조금만 건드려도 비라도 쏟아질 듯한 날이 있어. 아이들은 자연스럽게 내 눈치를 보거나 긴장을 하게 되지. 나도 모르게 인상을 쓰고 있을 테니까.

　교실 날씨 태풍. 잔뜩 화가 난 날이야. 아이들 때문에 속상했을 수도 있고, 아침부터 누군가에게서 미운 소리를 들어서일 수도 있어. 이런 날은 정말 하루 종일 힘들어. 수업하는 내가 이렇게 힘이 드는데, 그걸 보고 있을 아이들은 얼마나 어려울까 이해는 돼. 하지만 감정이란 게 참을 수는 있어도 숨길 수는 없는 법이야.

교실의 날씨가 자주 바뀔수록 아이들은 더 내 눈치를 보게 돼. 이런 일들이 반복되면 결국 선생님에 대한 신뢰가 무너질 수가 있어. 그럴까봐 차라리 아이들에게 내 감정을 솔직하게 털어놓기도 해. 지금 내가 어떤 상황이고 어떤 기분인지 설명해줘. 아이들이 교실 날씨를 바꿀 수는 없어도 미리 대비는 할 수 있도록 말이야.

반대로 생각하면 내 표정 하나로도 아이들의 하루를 바꿔줄 수 있다고 생각해. 내가 한 번 더 웃고 조금 더 편하게 눈을 마주쳐 준다면 아이들은 그날 포근한 하루를 보내겠지. 요즘은 매일 아침 아이들이 오기 전에 교실에서 커피 한잔을 하면서 근심을 잠시 숨겨두는 연습을 해. 결국 그게 나를 위한 일이기도 하지.

엄마도 그랬을 거야. 아무리 힘들고 속상해도 우리 앞에서는 웃어 보이려 했을 거야. 때로는 솔직하게 이야기해줬어도 괜찮았을 텐데. 고마워

병아리

　엄마, 나 어릴 적 학교 앞에 팔던 병아리. 내가 그렇게 사고 싶었는데 결국은 한 번도 허락해주지 않은 병아리. 허락하지 않은 이유를 이제 조금 알 것 같아.

　오늘 학교 앞에서 병아리를 팔았어. 별일이지? 맞아. 아주 오랜만에 보는 광경이야. 물론 불법이지. 소식을 듣고 행정실장님이 가셔서 돌려보냈어. 하지만 이미 많은 아이들의 손에는 병아리가 들려 있었지.

　정말 오랜만에 병아리를 보았어. 노란색의 솜털로 둘러싸여서는, 아직 눈도 못 뜬 병아리. 삐약거림이 안쓰러우면서도 어찌나 귀여운지 기회가 되었다면 나도 샀을지 몰라. 내 눈에도 그렇게 예쁘니 아이들 눈에는 얼마나 더 신기해 보였을까. 이해해. 나는 아이들 손에 있는 병아리를 무심한 듯 보다가 잘 키워보라는 상투적인 말을 남기고 교실로 왔어.

　더운 날, 무심코 열어놓은 창문으로 병아리 소리가 계속 들려오는 듯했어. 아이들이 조잘거리는 소리가 병아리 소리 같기도 했어. 학교에서 아이들 소리가 사라질 때가 되어도 병아리 소리가 귓가에서 떠나지 않았어. 오히려 점점 선명해지는 느낌이었어. 창문 너머로 내려다보니 여학생 둘이서 건물 구석에 앉아 무엇인가를 들여다보고 있었어.

퇴근 시간이 되어 내려갔을 때에도 두 아이는 그 자리에 있었어. 예상대로 병아리 소리가 들렸지. 아이들 손에 있을 병아리를 구경하고 가려는데 뜻밖의 이야기를 들었어.

"병아리들이 배수구 안에 있어요."

병아리 소리는 아이들 손 위가 아니라 맨홀 아래에서 들려왔어. 병아리 세 마리가 깊은 배수구 아래에서 떨고 있었어. 여학생들은 지나가다 이를 발견했고, 어찌할 줄 몰라 그 자리에서 고민하고 있었던 거야.

나는 아이들을 보낸 뒤 어떻게든 꺼내보려고 잠자리채를 구해왔어. 하지만 그 사이 병아리들은 이미 더 깊은 곳으로 사라지고 말았어. 사람의 인기척을 느끼고는 구석으로 들어가버린 거야. 문득 병아리가 왜 배수구에 들어갔을까 의문이 생겼어. 그때 반대쪽에 아이들 몇이 모여 있는 게 눈에 띄었어. 수상한 낌새를 느끼고 다가갔을 때 머리가 하얘지는 줄 알았어. 아이들이 병아리를 배수구에 넣고 있었어.

"땅에 떨어뜨렸는데, 배수구에 들어갔어요. 그리고 제 거 아니에요."

한 아이가 이 말을 남기고 울음을 터뜨렸어. 나머지 아이들은 다 도망가 버렸지. 아이에게 자초지종을 들었어. 귀여워서 사긴 샀는데, 부모님께서 반대해서 키우는 친구한테 주고 오라고 했나봐. 그런 상황이 몇몇 아이들에게 벌어진 모양이야. 아이들은 "이거 너가 키워. 난 몰라" 하며 한 명에게 몰아주었다는군. 그리고 병아리를 몽땅 선물 받은 이 아이는 하지 말아야 할 행동을 한 거지.

그래도 손에 있던 한 마리는 구했어. 아이를 혼내려고 해도 마땅히 해결방법이 없었어. 생명의 소중함까지는 알려줄 수 있는데, 그 다음은? 그러니까 집에 가서 키워? 농장에 가져다줘? 너희 담임선생님 가져다 드려? 아이에게 더 이상 할 말이 없었어. 분명히 그 아이 집에서도 반대를 했을 테니까. 결국 병아리는 내 손에 남겨졌고, 아이는 집으로 갔어. 아마 다시는 병아리를 사지 않겠지? 살 수도 없겠지만.

일단 병아리는 우리 교실로 왔어. 상자에 신문지를 깔고 병아리를 넣어줬어. 물도 조금 넣어줬고. 우선 아무도 없는 교실에서 조금 안정을 취하게 두고 내일 학교 와서 아이들이랑 함께 고민하기로 했어. 교실에서 키우든, 아니면 키울 수 있는 환경이 되는 아이를 찾아보든 하려고 말이야.

다음 날 아침 일찍 학교에 왔을 때 더 이상 아이들과 할 고민은 없었어. 병아리는 이미 죽어 있었거든.

아이들이 분명히 잘못을 했음에도 어떻게 이야기를 해야 할지 모를 때가 있어. 아이가 나라고 생각했을 때도 마땅히 답이 없는 경우에는 감히 혼내질 못 해. 바로 오늘처럼 말이야.

미아 발생

엄마, 여의도 공원에서 나를 잃어버렸을 때 기억나? 그 시절에도 핸드폰이 있었다면 걱정이 좀 덜했을까?

4시쯤 되면 전화가 한 번씩 와. 보통 이때쯤 걸려오는 학부모님 전화는 거의 비슷한 내용이야. 아이가 연락이 되지 않을 경우야. 학원 갈 시간인데 아이에게 연락이 안 된다 내지는 아이가 학원에 안 갔다는데 연락이 되지 않는다, 둘 중 하나야.

고학년의 경우 화가 난 목소리가 많고 저학년의 경우는 걱정 가득한 목소리가 많아. 어찌 되었건 만약이라는 것이 있으니까 나도 빠르게 움직여야 해. 대부분의 경우 친구들하고 논다고 정신이 팔려 있긴 하지만 그렇게 넘기기에는 세상은 생각보다 위험하니까 말이야.

일단 학교를 둘러보기 시작해. 교실, 방과후학교 교실, 운동장, 조회대, 놀이터, 도서관 등 아이들이 학교에 있을 만한 곳부터 찾아보기 시작해. 그리고 한편으로는 수배령을 내리기도 해. 아이들과 함께 있는 SNS 단톡방에 '민균이 본 사람?'이라고 공지를 올려.

학교 구석구석을 돌다 보면 아이들에게 연락이 와. 친구와 함께 있는데 배터리가 없어서 연락을 못하고 있대. 부모님께 아이를 찾았다는 연락을 받기도 해. 이런 일이 자주 있는데도 '참 다행이다'라는 생각이 들 때가 많아.

사건이 종결된 뒤에는 늘 아이들에게 학교에 전화를 하시는 부모님의 목소리에 대해서 이야기를 해줘. 얼마나 걱정을 하시는지 말이야.

"넌 혼날까봐 걱정이지만 부모님은 더 큰 걱정을 하고 계신다. 그러니까 꼭 연락을 드리고 다녀라."

이렇게 신신당부를 해.

가끔 반대의 경우도 생겨. 등교시간이 되어도 아이가 학교에 오지 않을 경우. 5분 정도야 아이가 지각을 할 수 있다고 기다려보지만, 10분이 되면 나도 적잖이 당황하기 시작해. 가정에서 '오늘 좀 늦어요'라는 연락이 왔는지 핸드폰부터 검색하고, 아이들에게 또 수소문 해.

"진영이 봤어?"

본 사람이 없다면 등굣길에 무슨 일이라도 생긴 건 아닌지 머릿속이 복잡해져. 어렵게 가정으로 연락을 해봐. 다행스럽게도 늦잠을 자서, 아이가 아파서라는 이유가 대부분이야. 부모님이 연락하는 것을 깜박해서 지각을 하는 거지. 간혹 현장체험학습을 신청한 것을 내가 깜박해서 연락을 하기도 해. 여행길 뜻밖의 안부연락이 되어버리는 경우지.

문제는 학교 간다고 집에서 나섰다는 답장을 받을 때야. 그 순간 부터 비상이 걸려. 창문 밖으로 운동장부터 확인해. 가정에서도 당황하시는 건 마찬가지야. 얼마나 놀라실까. 아침에 등교하러 나간 아이가 학교에 도착을 안 했다고 연락이 오면 말이야.

가끔 부모님이 일찍 출근하셔서 아이 혼자 등교해야 할 경우 아이가 잠을 못 이겨 다시 자는 경우도 있어. 가방을 들고 방송부나 스포츠클럽대회 연습하러 강당에 가버리는 바람에 못 찾은 경우도 있고. 어쨌거나 아이가 10분만 연락이 안 되어도 10년은 늙는 것 같아.

엄마, 나 어릴 적에는 핸드폰도 없었잖아? 종종 집에 돌아가는 길에 엉뚱한 곳에서 연락 없이 한참을 놀다가곤 했는데 말이지. 그래서 엄마가 그렇게 늙어버린 걸까.

책임감

엄마, 교실이란 장소는 참 신비스러운 곳이야. 교사와 학생만이 존재하는 이곳은 민주적이면서도 독재적이고, 개방적이면서 폐쇄된 공간이야. 그래서 참 조심스러워.

학교 이름은 달라도 교실의 모양은 모두가 똑같아. 공간혁신이라는 거창한 이름으로 교실 재구조화 사업을 이끌어가고 있지만, 새로 짓는 학교 역시 교실은 100년 전 학교와 다를 게 없어. 직사각형의 공간에 앞뒤에 칠판이 놓이고 양쪽으로 창문이 늘어선 모양이지. 교사가 앞에 서면, 아이들이 네모난 책상에 오와 열을 맞춰 앉아 선생님에게 집중하게 돼.

중요한 건 물리적 공간이 아니야. 교실이 동그랗게 변하고 창문이 통유리가 되고 교사가 교실 가운데 자리 잡는다고 달라질 것은 없어. 중요한 건 교실의 생김새가 아니니까. 교실 속에는 유일한 어른인 한 명의 선생님과 다수의 어린 학생이 있어. 창문을 통해서 안을 들여다볼 수는 있지만 감시 받지 않는 공간이야. 그 안에서 일어나는 크고 작은 일들은 오직 한 사람이 책임져야 해. 선생님.

수업이 시작되고 교실 문이 닫히면 이 신비한 곳에는 나와 아이들만 남아 있어. 가끔 복도를 지나가는 몇몇 사람을 제외하고는 독립된 공간 속에 빠진 느낌이야. 이곳에서 일어나는 모든 일들에 아이들은 나를 의지해. 그런 나는 아이들을 가르치고, 돌보고, 지켜보고, 지시하고, 판단해. 모든 일들을 혼자서 결정할 수 있어.

그래서 가끔은 무서울 때가 있어. 나만 바라보는 아이들의 눈빛을 느끼면서 무거운 책임감을 느껴. 만약 내가 잘못된 생각을 가지고 있다면, 누가 봐도 그릇된 판단을 해버린다면, 내가 저지를 수도 있는 실수를 스스로 알아채지 못한다면 과연 그조차도 내가 책임질 수 있는 걸까. 교육이라는 든든한 목적을 교실에서 권력으로 남용하며 살고 있는 건 아닐까. 그게 교권은 아닐 텐데 말이야.

교실에서 유일한 어른은 나야. 아이들이 어려움을 겪을 때 도움을 요청할 사람, 보호자 곁을 잠시 떠나 작은 사회에서 적응하는 것을 도와줄 사람, 도덕적이고 인격적인 판단을 내려주는 사람, 교실 문을 열고 닫는 것을 결정할 수 있는 사람이 나야. 나와 교실 속에 앉아 있는 아이들은 이런 내가 무섭지 않을까? 이런 나와 함께 있는 교실이 갑갑하고 불안하게 느껴지지 않을까? 그럴 때가 분명히 있을 거야. 어쩌다 내가 무섭게 화를 내도 아이들은 교실 밖으로 도망갈 수 없으니까.

교실에서는 땅이 보여야 한다는 말이 있어. 창밖으로 학생들의 시야에 땅이 들어온다는 것은 창문을 통해서 탈출할 수 있다는 가능성을 의미해. 즉 언제든지 자신에게 위험을 느끼면 도망칠 수 있는 환경은 심리적 안정을 줄 수 있대. 그래서 교실은 1, 2층에 위치하는 것이 가장 안정적이라는 주장이 있어. 우리는 안타깝게도 4, 5층짜리 학교 건물이 많아. 우리 반 교실에서도 땅이 보이지 않지.

교사의 교육권을 보장하기 위해 교실 안에서의 대부분 교육활동은 담임교사의 재량에 맡겨져. 달리 보면, 다른 교실을 볼 일이 적은 만큼 자신을 돌아볼 기회도 부족해. 요즘은 다양한 교사 커뮤니티로 다른 교실의 좋은 모습을 엿볼 기회가 늘었지만, 여전히 자기 모습을 거울로 비춰 보는 일은 쉽지 않아. 아이들의 눈을 통해서 나를 다시 돌아보는 수밖에 없어.

내 교실이 아니고 우리 교실로 만들고 싶어. 아이들이 학교에 와서 우리 교실이 내 집 같고 내 방 같았으면 좋겠어. 배우에게 무대가 있고, 운동선수에게는 운동장이 있듯이 나에게는 교실이 곧 무대이자 운동장이라 생각해. 오늘 하루도 나를 찾아준 단골 관객에게 멋진 모습을 보여주려고 매일 아침 준비해. 전부를 만족시킬 수는 없겠지만 최대한 많은 분들이 즐기다 가시길 빌어.

엄마, 내 방이 처음 생기던 날이 생각나. 설레는 마음을 달래고, 오랜 고민 끝에 야광 별자리 스티커를 천장에 붙였었지. 엄마는 내 방이니 내 마음대로 하되, 청소도 내 스스로 하라고 말해줬어. 물론 주로 엄마가 해줬지만. 아이들 사물함 이름표를 고쳐 붙이며 다시 한 번 엄마가 했던 말을 떠올려봐.

엄마, 내 교실은 내가 꼭 책임질게.

2장

선생님의
로망스

순수했던 신규교사의 나를 내 스스로
참선생님의 모습이라고 대견해 했던 적이 있다.
가끔 아이들과 멀어진 거리를 느낄 때 그 날을 떠올려 보곤 한다.

전복죽

엄마는 유리를 녹여서 내 뒷바라지를 해줬어. 엄마가 무슨 일하
냐고 물으면, 난 유리 기술자라고 해. 유리공예냐고 물어보면 공장
에서 일한다고 해. 뭐 창피하거나 그러진 않아. 이제는 엄마가 그곳
에서 어떻게 일하는지 나는 잘 아니까. 엄마가 돈을 더 많이 벌거나
더 안전한 곳에서 일했으면 하는 바람은 있지만 어디까지나 자식
된 욕심이겠지.

여름 볕이 따가웠던 날, 우리 반 꼬맹이 한 놈을 호되게 혼냈어.
돌이켜보면 그냥 조곤조곤 타일렀어야 하나 후회가 밀려오기도 해.
그래 봐야 열세 살 꼬마일 뿐인데 말이야. 아이는 할머니랑 함께 살
아. 아빠와 몇 번 전화통화를 했었는데 참 좋으신 분 같았어. 바빠
서 아이를 많이 챙겨주지 못한 미안함이 가득하셨지.

내가 보기에는 경제적으로 힘들진 않았어. 아빠와 아들이 함께
할 시간이 부족했지. 그래서 내가 아이와 이야기도 더 많이 하고,
축구도 더 자주 하고 그랬어. 공부 가르치는 것만이 내 일이 아니니
까. 그러다 우연히 할머니 이야기를 꺼냈는데, 아이가 갑자기 씩씩
거리기 시작했어. 내가 말을 잘못 꺼냈나 싶을 정도로.

"할머니 때문에 쪽팔려요."

요즘 할머니는 동네에서 파지를 주우신대. 자기는 그게 너무 창피하다면서 할머니가 싫다고 화를 냈어. 순간 그러지 말았어야 했는데 나도 화를 냈어. 할머니께서는 자식이 힘들까 봐 한 푼이라도 보태고 싶으셨을 거야. 손자 말고 본인 배 속으로 키운, 열세 살 아들을 홀로 키우는 아들 말이야.

근데 왜 내가 아이에게 화를 냈을까. 할머니의 그 내리사랑을 아이가 이해해서 아빠에게 더 효도하고 할머니를 더 보살펴주기를 바랐던 걸까. 할머니의 리어카를 손주가 뒤에서 밀어주는 명작동화의 한 장면을 기대했던 걸까. 사실 가장 힘든 건 아이일 수도 있는데 말이야. 정말 멍청한 짓이었어.

한바탕 울고 난 아이는 오히려 마음이 편해 보였어. 내가 화를 내서 운 건지 다른 이유가 있었는지 모르겠어. 퇴근 후 아이랑 손잡고 죽집에 갔어. 가서 전복죽을 포장해서 할머니 드리라고 아이 손에 쥐어줬어. 죽을 들고 가면서 아이는 무슨 생각을 했을까.

그 일이 잊힐 만큼 수해가 지난 어느 추석날, 핸드폰으로 선물 쿠폰이 하나 왔어. 정확히 19,800원짜리 추석 선물세트였어. 그 아이였어. 졸업 후 처음 연락된 아이는 대학에 가서 짬짬이 한 아르바이트비로 선생님한테 꼭 선물을 해드리고 싶었대. 제자한테 받은 첫 명절 선물이었지. 이 녀석이 그거 고른다고 얼마나 고민을 했을까. 너무 비싸서 부담스럽지도 않고, 헐해 보이지 않으면서 마음을 전할 수 있는 금액이 얼마인지 나름 생각 많이 했을 거야. 그냥 문자 한 통이면 되는데.

난 단칼에 '선물 거절'을 눌렀어. 훗날 더 멋진 사람 돼서 0이 네다섯 개 더 붙은 거로 사 오라고 했지. 힘들게 번 돈은 애인이랑 데이트하는 데 쓰라고 했더니, 나중에 꼭 찾아뵙겠다더라. 아, 할머니도 건강히 잘 지내신대.

내가 봐도 훈훈하게 잘 컸어. 공부를 엄청 잘한 건 아니지만 누구보다 성실하고 바른 아이였어. 무엇이 아이를 이렇게 이쁘게 성장시켰을까. 바쁘고 힘들지만 아이를 포기하지 않았던 아빠의 사랑이었을까. 내리사랑으로 아들과 손주를 품었던 할머니의 사랑이었을까. 어찌 되었든 내 죽 한 그릇 때문은 아닐 거야. 그냥 성품 자체가 그럴 만한 아이였던 걸로 기억할래.

가끔 생각을 해. 그 당시 아이는 할머니의 모습을 왜 창피하게 여겼을까. 누가 그렇게 알려줬을까. 창피한 일은 어떤 기준으로 정해지는 걸까. 요즘은 학기 초에 부모 직업 조사도 잘 안 해. 사실 굳이 내가 알 필요도 없는 일이야. 그래도 아이들에게는 꼭 이야기를 해줘. 세상에 창피한 일은 없다고. 근데 가장 고귀한 일은 있다고. 그중의 최고는 바로 월급도 휴가도 정년퇴직도 없는 '부모'라는 일이라고.

엄마, 기꺼이 날 위해 무보수 고강도 장기근로자가 되어줘서 고마워. 이번 명절 보너스는 넉넉히 챙겨드릴게.

선생님

　엄마, 예전에 운전을 하다 중학교 선생님을 본 적이 있어. 찰나라 인사는 못 드렸지만 그 얼굴이 아직도 기억나는 것이 신기했어. 사실 굳이 인사를 드리고 싶지 않기도 했어.

　난 오늘 학생 모드였어. 대학원에 수업을 들으러 갔지. 그냥 젊은 기운 좀 받아보려고 학생식당에서 밥을 먹어봤어. 방학 중이지만 대학생들이 열심히 살고 있더라. 학과 점퍼를 입고 돌아다니고, 야외에서 동아리 활동도 하고, 벤치에 앉아 공부도 하고, 친구들끼리 뭐가 즐거운지 큰소리로 웃기도 해. 나도 늙었는지 그런 모습이 마냥 이뻐 보이더라.

　동료 선생님들과 밥을 먹고 나오는데 한 커플이 보였어. 나도 이제 아저씨가 되어버렸나 봐. 젊은 친구들 꽁냥거리는 게 보기 좋더라고. 그들과 눈을 마주쳤음에도 누군지 궁금할 틈 없이 지나쳤어. 강의실로 돌아가려는데 뒤에서 누군가를 부르는 소리가 들렸어

　"선생님!"

　이건 직업병이야. 어딜 가든 선생님이라는 소리에 움찔하곤 해. 대학교에서 나를 부를 리가 없을 것 같아 그냥 가려는데, 누가 달려

오더니 눈앞에 짠하고 나타났어.

"선생님!"

헐! 10년 전에 가르쳤던 아이였어. 갈색으로 염색한 긴 머리에 나풀거리는 원피스를 입은 아이는 이제는 아가씨가 다 되었더라. 쑥스러워하는 남자 친구와 팔짱을 낀 채 나를 소개해주더라고

"오빠, 내가 최고 좋아하는 6학년 때 선생님이셔."

이 기분을 뭐라고 표현해야 할까. 로또를 맞으면 이런 기분일까. 예상치 못한 곳에서 옛 제자를 만났고, 그 아이가 나를 보고 반갑게 인사를 해주고, 심지어 최고 좋아하는 선생님이라고 고백까지 해주니……

나도 참 신기한 게 매년 20명 넘는 아이들을 만나고 헤어지는데 아이의 이름이 떠오르더라. 교실에서 장난친 모습까지 모두 다.

"너 아직도 고슴도치 키워?"

내 물음에 아이의 눈이 휘둥그레졌어. 그런 거까지 기억하냐고 소리를 지르며 신나 했어. 학교에 고슴도치를 들고 등교를 했는데 어찌 잊을 수 있겠어. 예전 같았으면 까분다고 머리라도 한번 쓰다듬어 줄 텐데, 성인이 다 되어버린 아이는 참 부담스럽더라고.

아무튼 오늘은 너무 행복했어. 나 선생님 하길 잘한 거 같아. 하루 종일 들뜬 기분으로 보냈어. 다른 선생님들 앞에서도 엄청 기가 살았고, 다들 부러워했어. 선생님들끼리는 그런 일이 어떤 의미인지 알고 있거든.

엄마, 근데 제자들이 다 그런 건 아니야. 지하철에서 우연히 눈

을 마주친 졸업생이 조용히 옆칸으로 자리를 옮겨간 적이 있었어. 횡단보도에서 마주친 아이가 모른 척 스쳐간 적도 있었고. 내가 미웠다고 기억하는 아이들의 이야기를 들은 적도 있어.

알아. 모든 아이들이 다 나를 좋게 기억해줄 수는 없겠지. 나도 내 선생님들이 다 좋은 기억은 아니니까. 선생님이 되니까 잘해준 아이가 기억이 나는 게 아니라 잘 못해준 아이들이 더 기억에 남아. 가끔 후회가 치밀어 오를 때도 있어. 나도 어렸으니까,라고 넘기기엔 너무 미안해. 아이들은 더 어렸잖아.

엄마, '좋은 선생님'은 역시 욕심인가 봐.

유난히 기분 좋은 날 막상 자려고 눈을 감으니 좋았던 추억 위로 미처 마음 알아주지 못했던 아이들이 하나씩 떠올라 가슴을 무겁게 짓눌러.

맥주 한 캔 더 마시고 자야겠다.

개똥 같지만 뿌듯한 날

엄마, 오늘은 개똥같은 일이 있었어. 뭐, 기분은 개똥이지만 한편으로는 뿌듯하기도 해. 무슨 개똥같은 이야기냐고? 한번 들어볼래?

출근하고 환기를 시키려 창문을 여니 운동장에 개가 돌아다녀. 목줄도 안 하고 말이야. 어떤 아이들은 귀엽다고 쫓아다니고, 몇몇 아이들은 소리를 지르며 도망갔지. 큰 개는 아니었지만 위기에 몰리면 얼마든지 이빨을 드러내겠지. 무섭다는 아이들의 제보를 받고 출동했어. 아니나 다를까. 장난꾸러기 아이들과 개는 술래잡기 중이었어. 아이들을 교실로 보내고 개를 쫓았지. 그제야 벤치에 앉아 있던 아주머니가 슬그머니 일어나셨어. 아이들 위험하다고 목줄이라도 부탁한다는 내 말에 "우리 개는 착해서 안 물어요"라더라. 심지어 아이들이 이렇게 좋아하니 정서적으로, 교육적으로 좋다네.

아이들 아침에 청소 봉사할 때 개똥도 봐. 더럽고 병 옮을까 봐 건들지 말라고는 하는데, 화나지. 학교에 개똥이라니. 체육수업을 하다 보면 분명히 교육시간인데도 어른들이 학교에서 개 산책을 시켜. 화단에 똥도 싸고 오줌도 갈겨. 그것도 거름이 된다고 하시려나. 점심시간에 놀다가 개똥 밟았다는 아이들, 그걸 놀리는 아이들을 어렵지 않게 봐. 학교에서 개똥을 밟다니. 반려동물이 본인의 정서로는 가족이겠지만, 학교는 아이들이 생활하는 공간인데, 하아, 개똥이라니!

아직 끝이 아니야. 국어시간에 아이들과 설득하는 글쓰기를 공부했어. 주장과 근거를 적절히 제시하여 읽는 이의 마음을 움직이는 글을 쓰는 거지. 뭐, 교과서에는 소풍 장소 주장, 짝꿍 바꾸기 주장 뭐 이런 것들이 주로 나와. 우리 반에 자기 담임선생님 닮아서 그런가 살짝 엉뚱함이 지나친 아이가 있어. 그래서 이뻐하는 아이야. 그런 엉뚱함이 세상을 바꾸는 아이디어가 되리라 믿거든. 그 수업 중 유독 그 아이의 눈빛이 초롱초롱했던 거 같아. 불안하게시리.

그다음 날 학교 입구에 대자보가 붙었어. 제목은 '학교에 강아지를 데리고 오지 맙시다'. 도화지에 손으로 삐뚤삐뚤 써 내려간 글은 학교에 개가 와서 무서우니 목줄 해달라, 똥 싸면 치워달라, 우리가 하교한 뒤 데리고 와달라는 내용이었어. 이름은 안 적혀 있었지만, 그 녀석이구나, 나는 직감했어. 대견했지. 이렇게 실천하는 용기가 쉽지 않거든. 어디서 본 건 있어서 자체 수거일도 적었더라. 그래서 모른 척했어. 사실 불법 게시물이지. 선생님한테 미리 허락을 받고 붙여야 하는 게 맞지.

별일 있겠나 싶어서 내버려뒀는데, 별일이 생겼어. 미처 못 봤는데, 아이가 대자보만 붙인 게 아니라 운동장 건너 벤치에도 뭔가를 붙였더라고. "여기는 개가 앉는 곳이 아니라 사람이 앉는 곳입니다"라고. 앞뒤 상황을 빼고 보면 좀 공격적으로 보일 수도 있지. 연습장을 찢어 사인펜으로 써서 테이프로 붙여놨더라고. 강아지 그림과 함께.

하아, 동네 주민들 눈엔 이게 그렇게 거슬렸나 봐. 학교에, 교장실에, 교무실에 일정한 간격으로 민원전화가 몰려와. 홈페이지에도 항의성 글이 막 올라와. 여기가 학교 땅이냐며, 왜 주민 편의시설에 개를 못 들어오게 하냐며. 엄밀히 말하면 땅은 학교 땅이야. 구청이 운동기구나 의자 정도 시설만 설치한 거지. 알고 보니 주민 중에 한 분이 벤치에 붙은 아이 작품을 애견인 카페에 올렸던 모양이야. 그래서 그중 마음 맞는 사람이 모여서 항의민원을 결의했나 봐.

상황을 뒤늦게 알고 나서야 교장실에 가서 이실직고했어. 글을 쓴 사람은 우리 반 아이이고, 나쁜 마음으로 그리 하진 않았을 거란 말에 교장선생님은 화내는 대신에 웃으며 한마디 하셨어.

"아이가 담임선생님을 닮았네요."

내 마음대로 이건 칭찬으로 생각할래. 아무튼 하루 종일 자초지종을 설명하느라 전화기 앞을 못 떠나신 교장선생님께 조금 죄송했어. 결국 수업을 마친 후 나는 아이와 자보들을 다 제거했어. 아이는 마치 자기가 큰 죄를 진 거 마냥 겁먹어 있더라.

제거 작업이 끝나고 바로 그 벤치에 앉아 초콜릿 우유 한잔 같이 하면서 잘 이야기해줬어. 용기 있는 행동이었다고. 넌 잘못한 거 없다고. 그리고 그 벤치에 붙어 있던 문제의 종이는 친절히 코팅까지 해서 쥐어줬지. 아이에게 훗날 추억이 될지도 모르잖아. 물론 절차

상으로는 어설픔이 있었지만 아이의 생각과 행동은 틀린 게 하나 없었으니까. 그리고 불편함을 그냥 참기보다 바꾸려는 아이의 그런 의지가 훗날 우리 사는 세상도 바꿔줄 것 같았거든.

엄마, 나 애 하나 잘 가르쳤지? 이게 오늘 아주 개똥 같지만 한편으로는 뿌듯한 날이란 뜻이야.

블루베리

고등학교 때 나 직업적성검사 하면 늘 1위가 농부였는데, 영 틀린 결과는 아니었나 봐.

학교에서 블루베리 나무를 네 그루 키웠어. 블루베리가 키우기도 쉽고, 아이들이 있을 때 열매가 여물기도 했고, 과실 개수도 많아 나눠주기도 좋아서 선택했지. 학교 정원에 나란하게 두고는 하얗게 피어가는 꽃에, 파랗게 익어가는 열매에 얼마나 뿌듯했는지 몰라.

나무의 이름도 지어줬어. '씩씩이', '튼튼이', '똑똑이', '예쁜이'였어. 그 나무의 열매에 마법의 효과를 넣어줬어. 씩씩이 열매를 먹으면 자신감이 생기고, 튼튼이 열매를 먹으면 몸이 튼튼해지고, 똑똑이 열매를 먹으면 공부를 잘하게 되고, 예쁜이 열매를 먹으면 예뻐진다, 라는 말도 안 되는 효능을 알려주었지. 플라시보 효과라고나 할까? 아무튼 아이들은 좋아했어.

많이 먹고 싶어서 정성을 들이기 시작했어. 매일같이 물도 주고 잡초도 뽑아주며 관심을 가져줬지. 한날은 출근을 하니까 익지도 않은 열매가 달린 가지들이 떨어져 있었어. 누군가 고의로 꺾어

놓은 듯한 느낌이었어. 알아보니 범인은 다름 아닌 새였어. 직박구리라는 새가 열매를 따먹기 위해서 휘저어 놓은 거였지.

폭풍 검색해서 그물로 새장을 쳐야 한다는 사실을 알았어. 앵글을 사서 틀을 만들고 새장을 만들었어. 울타리를 친 거지. 그 후 한 번씩 빈틈으로 들어와서 새장 안에 갇혀 있는 새를 꺼내줘야 했지만, 확실히 열매를 지킬 수 있었어. 아직도 높은 나무 위에서 원망스럽게 지저귀는 새의 울음소리가 기억이 나.

하지만 안심도 잠시. 쐐기라는 벌레의 공격을 받았어. 블루베리를 수확하고 있었는데 처음에는 조금 따끔하더니 걷잡을 수 없이 통증이 밀려왔어. 정말 불로 지지는 거 같았어. 보건실에는 약이 없고, 병원에 갔더니 기다려야 한대. 나 몰래 몇몇이서 블루베리 서리를 하던 아이들도 쐐기에 쏘였다는 제보가 들려왔어. 쐐기는 나뭇잎 아래에 바글바글 모여 있었어. 뿐만 아니라 엄청난 수의 노린재도 있었어.

그물로 새들을 막으니, 새의 먹이인 벌레들을 막을 수 없었던 거야. 결국 새장을 걷어냈어. 아이들이 다칠까 쐐기들을 젓가락으로 한 마리씩 다 뜯어내버렸어. 이후 새들이 블루베리를 쪼아 먹긴 했지만, 벌레의 수는 확실히 줄었지. 그렇게 블루베리 농장에 평화가 오는가 했는데, 마지막엔 주민들이 평화를 깨뜨렸어. 새벽에 밤에 산책 나오셔서 한 주먹씩 따가는 사람이 여러 명이었어.

'농약을 뿌렸다고 거짓말로 경고를 붙일까? 학생용이라고 사정하는 글을 써볼까?'

고민하다가 포기를 해버렸어. 사실 그렇게 부족한 양은 아니었거든. 새들에게 나눠주고 벌레에게 나눠주고 호기심 많은 사람들에게 나눠줘도 아이들 입에 충분히 넣어줄 수 있었어. 그래서 그냥 두기로 했어.

방학이 되었어. 열매를 다 내어주고 잎만 무성해진 나무를 보면서 아이들 모습이 떠올랐어. 어쩌면 아이들도 믿고 기다려주면 스스로 이겨낼 수 있는데, 어른들이 너무 과잉보호하는 것은 아닐까. 저 블루베리 나무처럼, 어른들의 개입으로 또 다른 아픔을 만들어내고 있는 건 아닐까 반성했어.

엄마, 별것도 아닌 블루베리를 받고 좋아하는 아이들이 저 블루베리 나무처럼 튼튼하고 씩씩하고 똑똑하고 아름답게 자라주면 좋겠어.

동물의 왕국

엄마, 나 어렸을 때 병아리를 너무 키워보고 싶었어. 강아지도, 토끼도, 앵무새도, 도마뱀도. 그런데 엄마가 말린 이유를 이제야 알겠어.

실과 시간에 동물 기르기를 가르쳐. 반려동물을 어떻게 하면 잘 키울 수 있을지 예시로 나와. 교과서에는 이렇게 쉽게 할 수 없는 내용도 있어. 스키, 캠핑, 수영, 동물 기르기와 같은 것들. 차라리 식물 기르기는 교실에서 흉내는 낼 수 있어.

교실에 애정이 한 가득이던 시절 아이들이랑 뭐라도 키워보고 싶었어. 고민을 많이 했지. 뭔가 소리가 안 나면서, 교실에서 키울 수 있으면서, 비싸지 않으면서, 손이 많이 가지 않고 관찰하기 좋을 만한 동물을 말이야. 오랜 고민 끝에 소라게로 결정했지. 그리고 내가 무슨 바람이 들었는지 혹시 집에서 키우던 것이 있으면 가져오라고 했어. 소리 안 나고 털 달리지 않은 것들만 허락했어.

세상에! 지구상에 털 달리지 않은 동물이 그렇게 많은 줄은 몰랐네. 소라게로 시작했던 우리 교실에 장수풍뎅이, 금붕어, 도마뱀들이 모이기 시작했어. 아마 집에서 키우기 어려운 것들이 교실로 향

하고 있었을지도 모르겠어. 결국 개구리 알까지 들이고 나서야 사태의 심각성을 깨달았어.

한번은 빈 교실에서 저 생명체들이 이야기를 나눈다면 어떤 말들이 오갈까 아이들과 함께 상상을 해봤어. 사실 처음 하루 이틀은 관심을 가졌지만 점점 쳐다보는 횟수가 줄어들었거든. 자기가 가져왔다고 애정을 쏟던 아이도 어느덧 무관심해지던걸. 아이들도 그런 상황을 느끼고 있었나봐. 대부분 작은 생명체에게 미안해하는 분위기였어.

결국 아이들에게 상황을 설명하고는 집으로 다시 돌려보냈어. 왜 선배들이 교실에 그런 것들을 키우지 않는지 깨달았어. 그래. 교실에서는 아이들만 키우는 거랬어. 영화에서는 돼지도 키우던데, 역시 현실은 다르다는 것을 깨달았지.

엄마, 조금 과한 시도였지만 그래도 아이들이 뭔가를 깨달았겠지? 생명을 책임진다는 건 너무나도 무거운 일인 것 같아.

미친 소리

나는 정말 아무 생각 없이 살았나 봐. 중학교, 고등학교 원서 쓸 때도 아무 고민 없었는데. 대학교 갈 때도. 근데 요즘 아이들은 꿈은 없는데 또 생각은 많은 듯해.

중학교 원서를 쓸 때면 항상 아이들이 깊은 고민에 빠져. 학군이란 게 있어서 중학교는 거의 인근 서너 학교 사이에서 결정되고, 대부분 원하는 1지망 학교로 가게 되어 있어. 물론 운이 안 좋은 아이들도 있지만.

그 1지망, 2지망 두 학교 사이에서 많은 고민을 해. 아이들의 우선순위는 대부분이 친구야. 친한 친구와 같은 중학교로 가고 싶어 하지. 아마 불안감이 가장 많이 차지하는 듯해. 아이들은 중학교 진학을 엄청 무서워하더라고. 우리 입장에서는 별거 아닌데 말이야. 그다음이 교복의 디자인이나 강당의 유무, 급식의 맛, 이런 것들이지. 아이들 기준에는 미래보다는 지금이 우선일 테니까.

부모님들의 우선순위는 또 다르셔. 가장 중요한 것이 학업이야. 공부를 잘하는 학교를 우선이라고 생각해. 학교폭력도 만만치 않은 조건이고. 학교마다 정책이나 환경이 조금씩 달라서 성적 차이가 조금씩 나지만 그렇게 큰 격차는 없어. 학교 분위기는 학교의 특성보다 그해 아이들이나 교직원의 성향에 따라 달라지기 마련이야.

내가 중요하게 생각하는 건 사실 거리야. 내가 중학교를 멀리 다녀서 그런가 집에서 제일 가까운 학교가 좋을 것 같다고 말씀드려. 물론 특기를 찾은 아이들은 그 분야를 집중적으로 가르치는 학교에 가는 것이 맞지. 어쨌든 친구, 학업은 어느 정도 아이들의 힘으로 해낼 수 있지만, 3년 동안 등하교 거리는 무시하기 힘들어.

뚜렷하게 어떤 영향을 받는 게 아니라면, 아이의 의사에 맡겨보는 것도 좋다고 생각해. 자신의 미래에 대해서 처음 결정해보는 기회니까 스스로 해보는 것도 의미 있다고 생각했어. 사실 두 학교 다 가볼 수 없으니 뭐가 더 잘한 선택인지 아닌지는 판단할 수 없잖아. 그걸 깨닫게 해주는 거지. 만약 결정이 만족스럽지 못하더라도 다른 사람이 해준 선택에는 원망이 남지만 본인이 한 선택에는 후회가 남게 돼. 그 '후회'는 다음에 중요한 결정을 할 때 도움이 되어줄 거야. 하지만 원망은 다르지.

물론 아이들에게 이런 이야기도 해줬어.

"여러분 인생에서 처음 중요한 결정을 하는 순간이에요. 부모님과 상의를 해서 여러분의 의견이 받아들여지지 않을 수도 있지만, 스스로 생각하고 의견을 표현하는 것은 중요해요."

몇몇 아이들이 눈을 반짝였어. 부모님과 중학교 선정 문제로 갈등을 겪는 아이들일 거야.

다음날, 교실은 또 해맑았어. 뭐가 그리 즐겁냐고 물어봤더니, 한 아이가 집에 가서 어제 나한테 들은 말을 부모님께 말씀드렸대. 그러면서 자기는 ○○중학교에 가고 싶다고 했대. 후회는 하더라도 원망은 안 하고 싶다면서. 그런데 부모님한테 돌아온 말이 "미친 소리 하지 마"였대. 아이한테 하신 말씀일까, 나한테 하신 말씀일까.

아직 어려서인지 아이들은 은근히 여과 없이 집에서의 일을 학교에서 꺼내곤 해. 오늘처럼 말이지. 하루 종일 그 아이는 '미소(미친 소리)'라는 놀림을 받았고, 은근 공범이 된 나는 딱히 놀리는 아이들을 나무라지 못했어. 그런 상황에서도 미소를 잃지 않은 아이에게 멋쩍은 하이파이브 한 번으로 상황을 마무리했어. '집에서 그런 말을 꺼낸 용기는 내가 알아주마'라는 뜻이었어. 한편으로는 '괜한 말을 해줬나' 하는 미안함이 들기도 했어.

자신감 있는 아이, 자기 주도적인 아이, 스스로 잘 챙기는 아이. 그 첫걸음은 어른들의 경청이야. 조금 틀려도 아이의 말을 들어 주고, 조금 엉성해도 아이를 지켜봐주고, 조금 서툴러도 아이의 마음을 이해해주는 게 그 밑거름인데 왜 어른들은 그렇게 하지 않을까.

그래도 엄마, 그 아이의 눈빛에서는 "괜히 말했네"라는 후회는 느껴졌어도 "선생님 때문에"라는 원망은 느껴지지 않았어. 내 느낌이 맞겠지?

웃고 있는 아기 새

오늘은 졸업한 제자 녀석이 찾아왔어. 교직원 회의가 있어서 한참을 교무실에 잡혀 있었지. 퇴근 시간이 다 돼서야 교실로 왔는데, 앉은 모습이 꽤나 익숙한 아이가 나를 기다리고 있었어. 연락도 없이 무작정 온 거야. 얼마나 기다린 걸까. 방금 왔다는 아이의 말에 그냥 "그렇구나" 넘어갔어.

아이는 검정 비닐봉지에서 주섬주섬 간식을 꺼냈어. 과자 몇 개, 사탕 몇 개, 빨대 커피 하나. 오늘 개교기념일이라 학교를 안 가서 나를 찾아왔대. 고마운 일이야. 일 년 중 하루 있는 특별히 쉬는 날에 나를 생각해주다니. 보통은 찾아와 맛있는 것을 사달라고 하는데 이쁘게도 내 간식까지 사 왔어.

아이는 밝은 표정으로 나를 맞이했지만 한 해를 함께한 담임을 어찌 속일 수 있을까. 아이러니하게 얼굴은 죽상인데 표정만 밝아. 그렇게 웃는 얼굴 속으로 고민이 한가득인 게 보였어. 무슨 일인지 걱정이 되고 궁금했지만 딱히 묻지 않았어. 아이가 말하고 싶었으면 진작 이야기를 했을 테지. 그냥 그렇게 별 쓸모없는 이야기만 노닥거렸어.

아이는 학원 시간이 다 되어 가야 한다고 했어. 어쩐지 그냥 보내기가 미안했어.

"떡볶이 사줄까?"

"괜찮아요. 그냥 얼굴 보러 왔어요."

아이의 대답에 그냥 보내는 수밖에 없었어. 아이는 다시 아무렇지 않게 인사를 하고 웃으며 교실을 나갔어. 한동안 아이의 모습이 교실에 남아 있었지. 귀한 시간에 나를 찾아준 고마움과 아이 얼굴에 비친 무거움에 대한 걱정이 아이를 쉽게 돌려보내지 못했어.

아이는 무슨 말을 하고 싶었을까. 내가 먼저 캐물었어야 했을까. 마음은 너무 안쓰럽지만 믿어 보려고. 또 힘들면 다시 찾아오겠지. 그래도 다행인 건 많이 편안해진 얼굴로 돌아갔다는 거야.

엄마, 나도 사실 가끔씩 일이 잘 안 되고 힘들 때 엄마랑 전화통화를 하면 다 괜찮다, 다 잘된다고 할 때가 있어. 사실은 엉망진창인데 말이야. 그래도 엄마 목소리 들으면 다 괜찮아질 것 같고 다 잘될 것 같은 기분이 들어.

술값

오늘은 제자들 덕분에 조금 취했어. 제자 한 놈이 군대를 간대서 동창끼리 모였나 봐. 내가 보고 싶다며 전화가 왔더라고. 거기 딱 기다리고 있으라 하고 냉큼 달려갔어. 역시 대학생 티가 나더라고. 무한 소줏집? 그런 게 다 있더라. 입장료 내면 술이랑 안주가 무한 리필이래. 멋지지?

실은 아이들이랑 술 마실 생각은 없었어. 군대 가는 놈 술 한잔만 따라 주고 갈 생각이었어. 아이들이 술 취해서 "그때 왜 그러셨어요" 하면서 본심이 나와버리면 어떡해. 원래 도둑이 제 발 저린 법이잖아. 남자아이들 열 명 정도가 앉아 있었는데, 움찔했어. 우유에 코코아 가루 몰래 타 먹다 혼나던 녀석들이 맥주에 소주를 타고 있다니. 덩치는 산만해져서 "선생님" 하며 안기려는 모습이 귀여우면서도 어색했어.

군대 가는 놈 술 한잔 따라 주려고 앉았는데, 직원분이 왔어. 앉으시려면 돈 내셔야 한다고. 술 한잔만 따라 주고 갈 거라니까 그래도 안 된대. 뭐, 추한 모습 안 보이려고 지갑을 꺼내려는데, 앉아 있던 애들이 우르르 일어났어. 우리 선생님이라면서. 뭐지, 이 따뜻함은? 아이들에게 내가 보호를 받는 느낌이었어.

이 녀석들 사고 칠까 봐 직원분에게 자초지종을 설명했어. 제자가 군대 가서 술 한잔 따라 주러 왔는데, 규칙대로 입장료 내겠다고 했어. 그런데 직원분이 사장님과 이야기하고 오더니, 편하게 있다 가라고 해주더라. 그래도 그건 아닌 거 같아서 얼른 술 한잔 따라 주고 일어섰어. 몰래 술값을 계산해주려니, 선불로 다 계산했더라고. 아쉽기도 하고, 참 다행이기도 하고.

오늘의 주인공 아이를 불러 "다들 너 위로해주러 모인 친구들이니 해장국이라도 먹여서 보내라" 하며 오만 원짜리 하나 쥐어줬어. 기어코 사양하는 거 맴매한다니까 알겠다며 받더라. 차까지 모셔다 드린다고 배웅까지 나왔는데, 얼굴도 좀 더 볼까 싶어 같이 좀 걸었어. 그러고는 휴가 나오면 또 보자는 인사와 함께 헤어졌어.

조금 뒤 주머니 속에서 휴대폰을 꺼내려는데, 아이고, 반에 반 두 번 접힌 오만 원짜리 지폐가 어느새 들어 있네. 이 녀석은 이런 마술을 어디서 배운 걸까. 그렇게 오늘은 이 녀석 덕분에 돈 한 푼 안 쓰고 술 한잔 안 먹고 아주 기분 좋게 취해버렸네.

아이는 어릴 적 작고 삐쩍 마른 아이였어. 힘이라도 쓰겠나 싶었는데, 어느덧 나랑 어깨를 나란히 하네. 함께 걷는 것만으로도 든든하게 느껴졌어. 엄마도 꼬마였던 내가 엄마 키를 훌쩍 넘겼을 때 이런 마음이었을까 싶어.

민원 전화

엄마, 학품이라고 들어봤어? 학교를 품은 아파트라는 뜻이야. 베란다에서 학교가 훤히 보이는 경우도 있지.

우리 학교는 삼면이 아파트로 쌓여 있어. 운동장 수업 소리가 거실에서도 들린다고 해. 과장이 있을 수도 있겠지만 전혀 불가능한 이야기는 아니야. 운동장에서도 마음만 먹으면 아파트가 잘 보이니까.

우리 학년은 티볼 리그가 한창 진행 중이야. 체육시간에 배운 티볼 경기를 반 대항으로 하고 있어. 아이들이 깃발도 만들고 응원가도 만들었어. 프로야구의 열기는 저리 가라야. 일주일에 한 번 있는 경기를 손꼽아 기다리지. 좁은 강당에서는 할 수 없는 일이야. 더운 건 알지만 그렇다고 피할 수만은 없어. 아이들은 선크림, 물통, 모자로 중무장을 했지.

체육 시간이 되어 경기가 시작되었어. 아이들의 소리와 내 호각 소리가 운동장을 채웠지. 그리고 전화가 왔어. 오늘 황사가 있는데 운동장에서 체육을 한다고 교무실로 민원 전화가 왔대.

다음 주 체육 시간. 새 경기가 시작되었어. 또 전화가 왔어. 오늘 폭염주의보인데 운동장에서 체육을 한다고 민원 전화가 왔대.

그다음 주 체육 시간에 경기를 할 때도 전화가 왔어. 미세먼지가 많은데 운동장에서 체육을 한다고 민원 전화가 왔대.

슬슬 누군지 궁금해졌어. 다음 주에도 어김없이 전화가 왔어. 날씨가 쾌청했는데도 말이야. 이번에는 운동장 수업 소리가 시끄럽대.

결국 리그는 중단되었어. 어쩔 수 없었지. 그렇게까지 스트레스 받으면서 할 일은 아니라고 판단되었어. 아쉬워하는 아이들에게 민원 때문이라고는 말 못했어. 그냥 선선해지면 하자며 달랬지.

생각보다 쉽게 내막이 드러났어. 다음 날 한 아이가 와서 이야기를 해줬어. 자기가 티볼을 잘 못해서 창피 당하기 싫어서 집에다 하기 싫다고 했대. 그 이야기를 들은 부모는 아이 운동장에서 티볼을 할 때마다 아이가 창피 당할까봐 다른 이유로 전화를 했던 거야.

그 아이의 고백 덕분에 리그가 다시 시작되었어. 난 혹시나 어디선가 듣고 있을 아이의 엄마를 위해서 지나치게 큰 목소리로 아이를 응원해줬어. 아이의 팀이 늘 이기진 못했지만, 더 이상의 전화는 없었어. 드라마였다면 아이가 큰 활약을 하며 엔딩을 맞았겠지만, 현실은 그렇지 않았어. 아이는 1루를 한 번도 밟지 못했지. 그래도 아이는 최선을 다했어.

엄마, 그 아이의 부모를 원망하지는 않아. 오죽했으면 그랬겠어. 그보다 자기 때문에 아쉬워하는 다른 친구들을 보면서 선생님에게 고백해준 아이의 용기가 중요해. 대견스러울 뿐이야. 가끔은 어른보다 아이들이 나을 때가 있어.

슈퍼맨

교실에 들어오니 아이가 울고 있었어. 필통이 없어졌대. 예전만큼 학용품이 귀하지 않은지 교실 내 도난 사건이 많진 않아. 사건이 있다 해도 필통을 들고 가진 않아. 훔쳐갔다고 하면 대부분 원한관계나 지나친 장난이겠지. 대부분 이런 경우 본인의 자리에서 나와. 당사자는 주변을 의심하겠지만. 우선 아이를 잘 달랬어. 그러고는 영어 선생님께 전화를 드렸지. 오전에 영어 수업이 있었거든. 아이가 깜박하고 필통을 영어 교실에 놓고 온 거야. 우리 반 과학수사대는 이렇게 사건을 해결했어.

점심시간이 되자 몇몇 아이들이 다가와 기타를 쳐달라고 해. 종종 쉬는 시간에 기타를 쳐줄 때가 있었거든. 맨날 기계 소리만 듣는 아이들에게 악기소리를 직접 들려주고 싶었어. 잘 치진 못하지만 좋아하는 아이돌 가수의 노래를 함께 부를 정도는 돼. 더운 날씨에 나가기 귀찮았는지 교실을 방황하던 아이들은 이내 내 주변으로 몰렸어. 우리 반 연예인은 이렇게 콘서트를 열었어.

체육 시간에 아이가 아프다고 해. 바로 보건실로 보내도 되지만 아이의 상태를 확인하는 게 먼저지. 운동을 하다가 친구랑 부딪혀 넘어졌나봐. 아픈 곳을 확인했어. 긁히거나 부은 곳은 없는지, 움직일 수 있는지 물어봤어. 조치 후 친구와 함께 보건실로 보냈어. 우리 반 구급요원은 오늘도 신속하게 출동!

다친 아이를 보내고 수업을 마무리 하니 느낌이 싸해. 요 녀석들 그 사이를 못 참고 싸움을 일으켰어. 더운 날 오후에 운동장에서 수업을 하면 힘들 만도 한데, 이 녀석들은 지치지도 않나봐. 당장이라도 주먹이 오고 갈 상황이었어. 아이들을 불러 자초지종을 들어봤어. 예상대로 별 내용은 아니었어. 같이 축구를 하다가 나름의 판정시비로 싸움이 붙었던 거지. 내겐 별거 아닌데, 아이들에게는 상당히 중요한가봐. 적당히 중재해주고 화해시켰지. 우리 반 판사님은 오늘도 솔로몬이 되었어.

학교에서 공부를 가르치는 것 말고도 많은 일을 해. 아이들이 고민이 있으면 상담가가 되었다가 심심할 때는 놀이교사가 되기도해. 여행 가서는 가이드가 되고 무거운 짐을 들어 주는 짐꾼이 되기도 해. 가끔 아이들 모습을 찍는 사진사도 되고, 아이들 재롱의 심사위원이 되기도 하지. 정말 슈퍼맨이 따로 없다니까. 그래서 아이 하나를 키우는 데 동네 전체가 나서야 한다고 했나봐. 아이들이 그만큼 많은 부분에서 의지한다는 건 아마도 선생님을 믿는다는 의미가 아닐까. 집에서 부모님께 의지하듯이 말이야.

엄마. 그러고 보니 나한테도 원더우먼, 슈퍼맨이 있었네. 고마워.

사투리

엄마, 이 좁은 나라에서 지역마다 말이 다른 건 참 신기해. 그 와 중에 난 서울말, 대구말, 대전말을 할 줄 아는 3개 국어를 하는 사 람이야. 근데 우리 반 아이들은 대구말을 잘 모르네.

초등학교 4학년 때 대구로 이사 갔을 때 친구들이 서울말 쓴다고 놀렸어. 자연스럽게 배운 경상도 사투리가 입에 남아버린 채 대전 으로 들어왔지. 이곳은 또 신세계였어. 생소한 단어와 어색한 억양 들이 있었어. 나는 다시 충청도 사투리를 배우게 되었어. 결국 이것 저것 뒤섞여 이도저도 아닌 게 되었지.

경상도 사투리가 한창 입에서 떨어지지 않던 시절이었어. 행여 아이들에게 원하지 않는 영향을 줄까 최대한 표준어를 쓰려고 노력 했어. 그럼에도 마음이 급하거나 화가 나면 나도 모르게 사투리가 툭툭 튀어나왔어.

수업할 때 난감한 일이 종종 생기기도 했어. 언젠가 과학 시간이 었는데 대류현상에 대해 설명했지. 바닥이 차가운 곳에서 따뜻한 곳 쪽으로 공기가 이동하는 것을 가르치면서 질문을 던졌지.

"공기가 이 방향으로 이동하는데, 그래서 여가 찹나 저가 찹나?"

아이들이 멍하게 나를 쳐다보더라. 나는 설명이 부족한 줄 알고 다시 열강을 했어. 그러고는 다시 물었지.

"여가 참나 저가 참나?"

아이들 혼낼 때 웃지 못할 일이 벌어진 적도 있어. 회의 때문에 조금 수업에 늦은 적이 있었지. 그 틈을 타 아이들이 장난을 심하게 쳤어. 나는 화가 나서 문을 쾅 열고는 소리 질렀어.

"너희 내 없을 때 그래 떠들면 좋나?"

우리 동네에서는 흔하게 쓰던 '좋나'가 아이들 귀에는 어색하게 들렸나봐. '존나'로 받아들인 아이도 있었지. 그래서 내가 욕이 아니라고 해명하느라 애를 쓴 적도 있어.

그밖에 흔히 쓰던 사투리들이 아이들에게는 혼란을 준다는 것을 뒤늦게 깨달았어. 고마(그만), 말라꼬(뭐하려고), 게안타(괜찮아), 저거도(저 것 좀 줘), 더버서(더워서) 등 습관적으로 나오는 많은 단어를 고쳐야 했지.

생각해보니 나도 그랬던 것 같아. 서울 살 적에 경상도에 사시던 할머니가 "다리들 어디 갔노(다른 사람들은 어디에 있어)?"라고 했을 때 멀뚱멀뚱 내 다리만 쳐다봤었지. 아이들이 사투리를 배워서 나쁠 것은 아니지만, 의사소통에 문제가 된다면 고쳐야지 어쩌겠어.

함구

엄마, 혹시 유명한 개그맨들이 나와서 고민 사연을 나눴던 TV 프로그램 알아? 나 거기 나올 뻔했어.

우리 반에 하루 종일 말을 안 하는 아이가 하나 있었어. 성격이 지나치게 내성적인 것도 아니고, 표정이 어두운 것도 아니었어. 그냥 평범해 보이는 아이였는데 정말 나한테도, 친구한테도 한마디도 하지 않았어. 신기한 것은 그런 생활이 꽤나 오래되었는지 아이도 친구들도 불편해 보이지 않았어. 나만 불편했나봐.

의사소통이 안 되니까 마찰이 일어날 수밖에 없었어. 묻는 말에 고개만 끄덕이면 되는 교우관계와는 달리 수업 시간에는 표현해야 할 것들이 한두 개가 아니야. 아이가 말을 안 해 내가 답답해하면, 아이는 말없이 도망가기도 했어. 그런데 아이 어머님게 집에서는 자연스럽게 이야기를 나눈다는 말을 들었어. 순간 약간의 억울함과 안쓰러움이 동시에 느껴지더라. 특정한 상황에서 이야기를 하지 않는 아이, 바로 선택적 함구증을 가지고 있었던 거지.

아이를 위해서 많은 공부를 했어. 중학교에 보내기 전에 조금이라도 고쳐주고 싶었어. 앞으로 수년을 더 학교를 다녀야 하는데, 그 사이 생길지도 모를 일들에 대해서 걱정이 앞섰지. 섣불리 건드려도 되는 일인지 겁이 나기도 했지만 아이에 대한 책임감이 더 컸어.

　유일하게 소통의 실마리를 찾을 수 있는 창구가 있었어. 일기장 검사. 나는 그곳에서 해결의 단서를 찾아냈지. 아이는 요즘 고민 상담 프로그램에 푹 빠져 있다고 했어. 그래서 나는 그 프로그램 앞으로 사연을 보냈어.

　'학교에서만 이야기 하지 않는 아이 어떻게 하면 좋을까요?'라는 제목으로 사연을 써내려갔어. 선생님이 가지고 있는 걱정과 교실에서의 소소한 에피소드들, 그리고 부모님과 선생님의 간절한 바람이 가득 담긴 구구절절한 사연은 운이 좋게 채택이 되었고, 해당 작가의 전화를 받게 되었지.

　아이는 물론 아이의 부모 역시 출연 확정 소식에 많이 기뻐했어. 우리 TV에 출연할 거라는 내 말에 아이는 말없이 활짝 웃기도 했지. 아마 내가 본 가장 밝은 모습이었을지도 몰라. 그렇게 작가와 에피소드를 준비하다가 문득 걱정이 생겼어. 전국적으로 방송에 나가게 될 텐데, 안 그래도 주변 눈치 많이 보는 여린 아이의 치부를 너무 공개하는 것은 아닐까. 고민이 되더라. 고민 끝에 낯선 곳에서 겪을 긴장이 아이의 상태를 더 나쁘게 할지도 모른다는 판단이 내려졌어.

　아이를 걱정하는 마음은 나나 방송사나 똑같겠지만, 아이를 우선으로 생각하는 나의 마음과 시청률을 우선으로 생각하는 방송사의 마음이 같을 수는 없었어. 이리저리 알아본 후 결국 너무 모험적인 일이라 생각되어 여기서 멈추기로 했어. 아이는 아쉬워하기는 했지만 그래도 다행히 선생님이 이렇게 노력하고 있다는 것을 알아주는 눈치였어.

그 후 아이 어머님과 상담을 하다 또 다른 사실을 알게 되었어. 아이에게 단순히 심리적인 문제만 있었던 게 아니야. 한 번도 밖에서 이야기를 꺼낸 적이 없었는데, 아이를 위해 노력하는 내 모습을 보면서 말하고 싶으셨대. 아이 어머님은 혹시 방송 출연을 하면 그것을 계기로 아이의 행동이 달라질 수 있을까 기대를 하셨다고 해. 아무튼 이런 과정을 겪으며 나는 아이를 조금씩 이해할 수 있었어.

아이의 목소리를 한 번도 듣지 못한 건 아니야. 딱 한 번 전화기 너머로 목소리를 들을 수 있었어. 아이가 쉬는 시간에 핸드폰을 꺼내어 보다가 나한테 뺏긴 적이 있었어. 그리고 그날 저녁 아이 어머님의 번호로 걸려온 전화에서는 아이의 목소리가 들렸지. 얼마나 답답했을까. 학교에서 아이들과 말을 하지 못하는 아이에게 핸드폰 메시지는 유일한 소통의 길이었을 텐데 말이야. 물론 그렇다고 교실 규칙에 예외가 생겨서는 안 되겠지만.

아이는 한참을 뜸을 들이더니 죄송하다는 말과 함께 핸드폰을 돌려달라고 말했어. 나한테 말을 했다고! 난 그저 "괜찮다. 이야기 해줘서 고맙다"라는 말만 되풀이했어. 아이는 그 한마디가 얼마나 하고 싶었을까. 난 그 목소리가 얼마나 듣고 싶었던가. 다음 날 아이의 손에 다시 핸드폰이 돌아갔어. 그럼에도 특별히 달라진 것은 없었지.

어느덧 졸업이 다가왔어. 아이의 사정을 알게 된 후 나는 아이를 변화시키기 보다는 이해하는 데 더 집중을 했고 덕분에 우리의 관계는 '소리 없이' 좋아졌어. 정말 다행이야.

엄마, 만약에 아무것도 모른 채 그 TV 프로그램에 나갔더라면 어땠을까? 가끔 상상해보는데 그림이 잘 안 그려져. 그냥 작가님한 테 졸라서 방청권이라도 달라고 할 걸 그랬나 봐.

귀한 자식

주말이야. 주중에는 다른 집 아이들을 키웠으니, 주말에는 우리 집 아이들을 키워야지. 피곤에 쌓여서 거실에 누워 있으니 두 돌짜리 막둥이가 내 옆에 앉아 혼자 놀기 시작해. 알 수 없는 소리와 몸짓을 하면서 히죽히죽 웃어. 혼자서도 잘 놀아. 뭐에 그리도 열심인지 머리가 땀에 잔뜩 젖었어. 애기가 열이 더 많아서 그런가? 하긴, 저렇게 부지런히 움직이면 덥기도 할 거야. 아직 풍성하지 않은 보들보들한 머리카락 쓰다듬으니 기분이 한결 좋아져. 날 잡아서 머리 깎으러 가야 하는데, 벌써 겁이 난다.

오물오물 또 입에 뭔가를 집어넣었나 보다. 보나마나 블록이겠지. 유난히 잘 먹는 블록이 있어. 아주 만년 사탕이야. 침을 질질 흘리는 거 보니 맛있나 보지? 빼줄까 하다 입술이 너무 예뻐서 잠시 구경하고 있어. 알 수 없는 소리를 내며 신나 하는 틈에 침이 잔뜩 묻은 블록이 툭하고 떨어졌어.

두꺼비 같은 손은 뭐가 저렇게 바쁠까. 자그마한 손에도 손금이 있고 손톱이 있고 지문도 있어. 하루 종일 뭘 했는지 손톱 밑에는 까맣게 때가 끼어 있네. 작고 귀여운 손 한번 잡으려니 꼼지락 빠져

나가. 찐득하니 손으로 뭔가를 열심히 집어 먹었구만.

큰애가 입던 옷인데 벌써 잘 맞네. 둘째라 그런지 옷을 사준 거 보다 물려준 게 더 많아. 뭘 잘 먹였기에 배가 볼록해서는 배꼽이 다 보여. 갈아입힌 지 얼마 안 되었는데 벌써 꼬질꼬질 해. 보드라운 뱃살에 입방구 한번 뀌어주니 깔깔깔 자지러져. 웃어줌에, 건강함에 그저 감사할 뿐이야. 꼬질꼬질해도 예쁘고, 사고뭉치라도 예뻐. 의미 없는 손짓에도 관심 갖게 되고, 알 수 없는 소리에도 귀 기울여져.

모든 아이들이 집에서 다 마찬가지겠지. 하루가 멀다 하고 교실 바닥에 우유를 쏟는 현수도, 교실에서 장난치다 내 물건을 깨뜨린 상민이도, 친구랑 놀다 마음대로 안 돼 소리를 내지르는 동기도, 아직까지 받아쓰기가 안 되는 창모도 모두모두 누군가에게는 우리 막둥이처럼 귀한 아이겠지.

엄마, 나른한 주말 오후, 아이와 시간을 보내다 문득 우리 반 아이들이 보고 싶어졌어. 귀한 아이들, 내일 만나면 더 아껴줘야겠다.

선생님은 아이돌

엄마, 내가 문제 하나 내볼게. "진슈 재 삐정 알지?" 이게 뭐게? 뭔 소리인가 싶지? 이건 엄마도 알아야 해.

요즘 아이들은 아이돌에 푹 빠져 있어. 최근의 일만은 아닌 듯해. 내가 어렸을 때도 H.O.T니 핑클이니 하면서 연예인 사랑이 엄청 났었으니까. 나는 딱히 그런 팬심은 없어. 그냥 예쁜 연예인을 보면 좋아하긴 했는데, 누굴 특별히 더 좋아한다거나 그러진 않았어. 뭐, 대부분 남자아이들이 그렇지. 차라리 운동선수를 좋아하는 경우가 많아. 지금도 마찬가지야. 손흥민이나 메시에 끔뻑 넘어가면서도 트와이스 멤버 이름에는 관심이 없는 게 남자아이들이야. 나도 그중 하나고.

종종 아이돌 공부를 해야 해. 그래야 아이들이랑 이야기할 수 있거든. 공감대가 있어야 아이들이랑 대화가 통해. 남자아이들이야 대부분 스포츠나 게임이니까 굳이 노력하지 않아도 내가 좋아하는 거라 한참을 떠들 수 있어. 같이 축구도 하고 때로는 게임도 같이 해. 문제는 여자아이들이지.

나도 늙었는지 텔레비전을 봐도 아이돌의 얼굴이 눈에 잘 안 들

어와. 다 똑같이 이뻐 보이고 잘생겨 보이고 그래. 한 번씩 보고 있
노라면 화면은 왜 그리 빨리 돌리는지. 멤버 수는 왜 이리 많은 건
지 모르겠어. 조금 익숙하다 싶으면 새로운 아이돌이 나오고. 쫓아
가기 참 힘들어. 이름은 왜 또 죄다 영어인지, 괜히 누구 하나 아는
척했다가 틀리면 우리 오빠 무시한다며 후폭풍이 장난이 아니야.
아이들이 얼마나 똑똑한지 데뷔 날짜부터 생일, 본명, 별명, 고향,
수록곡 등 달달 외워. 정말 '공부를 저렇게 했으면'이란 생각이 저
절로 들어. 그런 생각이 든다는 건 나도 늙었다는 거지. 그런데 나
도 일방적으로 지지는 않아. "근데 너희 아빠 생신은 아니?"라면서
찬물을 붓지.

　하루는 뉴스를 보는데, 한국 아이돌 그룹의 리더가 영어로 연설
을 했다네. 난 어디 시상식에서 상 받은 줄 알았더니, 유엔에서 청
소년들을 위한 연설을 했대. 그 연설에서 내 귀에 쏙 들어온 한마디
가 있어. 바로 "Love yourself!". 요즘 아이들에게 절실하게 필요한
말이야. "난 못생겼어요", "난 잘하는 게 없어요", "난 못해요"를
입에 달고 사는 요즘 아이들은 자긍심이 너무 부족하거든. 그런 좋
은 말을 해준 아이돌에게 고마운 마음이 들더라고.

　아이돌이라는 자리가 참 그래. 아이들을 정말 쥐락펴락할 수 있
는 큰 영향력을 가진 자리야. 그런 분들이 혹시 법을 어기는 일을
했을 때, 도덕적으로 문제가 되는 행동을 했을 때 그 영향도 고스란
히 아이들에게 오지. 선생님도 마찬가지야. 아이돌급의 인기는 아
니지만 그만큼의 영향력을 가졌지. 그래서 행동 하나하나에 조심하

고 신중할 필요가 있어.

　아무튼 중요한 자리에 있는 아이돌이 저급한 노래 가사로 아이들의 입을 홀리기보다는 좋은 영향력을 나눠준 것에 감사했어. 음악성은 모르겠고, 그냥 나는 선생님이니까 교육적인 것만 보이나 봐. 꼰대지, 뭐.

　꼰대지만 어쩔 수 없이 선생이기에 아이들을 위해 나는 '입덕'했어. 입덕은 '덕질'에 입문했다는 거야. 덕질은 '덕후질'의 줄임말이고. 덕후는 '오덕후'의 뒷말이고 오덕후는 '오타쿠'의……. 아니야, 엄마. 내가 미안해. 입덕이라는 말 취소. 나는 그들의 팬이 되기로 했어. 아이돌 과목 과외선생님은 우리 반 여자아이들, 과외비는 사탕이야.

　아이들은 자기를 가르치는 선생님을 가르친다는 것에서 어떤 쾌감을 느끼나 봐. 나를 앉혀 놓고는 종종 내 말투와 행동을 따라 하면서 오빠들의 역사와 전통을 알려줘. 그런데 웃긴 건 아이들의 수업에 나도 모르게 불타오른다는 거.

　아 참! "진슈 쟤 삐정 알지?"의 의미는 방탄소년단이라는 아이돌 그룹의 멤버 이름을 도통 못 외우는 나를 위해 과외선생님이 만들어준 '암기 팁'이야. "진, 슈가, 제이홉, 뷔, 정국, 알엠, 지민" 일곱 명 멤버 이름의 약자.

공경

나 어릴 때는 아빠 숟가락이 따로 있었는데. 밥 먹을 때도 아빠가 오셔야 먹고, 아빠가 먼저 드셔야 먹었는데. 요즘에는 그런 아이들 보기가 드물어. 당연한 건가.

가정통신문을 나눠주다 손이 베였어. 종이에 손이 베일 때 얼마나 아픈지 엄마도 알지? 너무 아파 큰소리가 목 끝까지 올라왔지만 아이들 앞이라 참았어. 고통과 다르게 한 박자 늦게 새어나오는 피가 다른 가정통신문 위로 떨어졌어. 아이들은 피를 보며 흥분을 했지. 호들갑 떠는 아이들도 있고 걱정해주는 아이들도 있었어. 종종 있는 일이라 밴드로 적당히 묶고 말았지.

엄마는 "조심 좀 하지"라고 할 테지. 난 조심했어. 아이에게 한 장씩 종이를 나눠줬는데, 그중 한 녀석이 한 손으로 싹 낚아채는 바람에 그리 된 거야. 난 분명히 어른이 뭔가를 줄 때는 두 손으로 공손히 받고 '감사합니다' 인사를 하라고 배웠어. 아이들에게도 그렇게 가르쳤어. 그런데 그 아이는 마치 고속도로 통행권 뽑듯이 가정통신문을 내 손에서 뽑아갔어. 뭔가를 낼 때도 그래. 책상 위에 툭 던지고 가는 경우가 있어. 내가 앉아 있는데도 말이야.

내가 너무 까탈스러운 걸까. 웃어른을 공경하라는 가르침이 더 이상 의미가 없어져버린 걸까. 내가 웃어른이 될 만한 자격이 없는 사람일까. 고민에 빠졌다가 결국 '왜 웃어른을 공경해야 할까?'라는 생각까지 와버렸어. 만약에 아이들이 그렇게 물어보면 대답은 해줘야 하니까.

아마도 스마트폰 때문인가 봐. 옛날 다 같이 살던 대가족 사회에서는 가장 웃어른이 곧 '스마트폰'이었겠지. 어딘가 아플 때 의원보다 먼저 알아주고, 모르는 것이 있으면 알려주고, 고민이 있을 때 방향을 제시해주기도 했겠지. 웃어른이 경험과 지식이 가장 풍부할 테니까. 따라서 웃어른에게 의지하는 것은 삶의 지혜일 수 있었어. 그 지혜를 얻는 대신 공경이라는 마음으로 감사를 표시한 거야.

지금은 좀 다른 것 같아. 삶의 지혜의 대부분을 스마트폰을 통해서 검색하게 되었어. 수많은 정보 속에서 자기가 필요한 것만 골라서 찾아가지. 사회시스템도 잘 구축되어 사회적으로 보호받기 시작했어. 삶도 개인화되고. 결국 웃어른의 필요성이 줄어든 거야.

하지만 아무리 사회가 발전해도 내리사랑의 감정까지 대신하지는 못할 거라 믿어. 다만 그것을 배우려면 공경이라는 대가를 치러야 하지.

어때? 제법 그럴듯한 설명이지? 당연히 웃어른이니까 공경하라는 게 아니고 왜 웃어른을 공경해야 하는지에 대한 내 샘플 대답이야. 결정은 아이들이 해야지. 아이들이 어른들에게 더 많은 사랑과 지혜를 얻고 싶다면 약간의 노력은 필요한 셈이야.

물론 학교에서도 잘 가르쳐야지. 우리 아이들이 어디 가서 미움 받으면 안 되니까. 가끔 버거울 때도 있어. 가정에서와 학교에서의 가르침이 다를 때는 아이들이 혼란스러워할 때도 있어. 이제는 공경이 필수라기보다는 선택이니까. 아이를 그렇게 팍팍하게 살게 하지 않겠다는 가정도 있어. 교육관의 차이인 거지. 이해해. 나도 한편으로는 모든 웃어른이 다 예전만큼 지혜롭거나 현명하지 않다고 생각하니까.

엄마, 애들하고 축구대회를 나갔을 때 식당에서 점심을 사줬어. 근데 한 녀석이 먹지 않고 있었어. 계산을 하고 아이들 음식 다 나온 걸 확인하고 자리에 앉으니까 그제야 아이가 날 기다리고 있던 걸 발견했어. 자기 돈가스를 한 점 자르더니 드셔보시라고 내 접시 위에 올려줬어. 그리고 내가 먹는 걸 보고 난 뒤에야 "잘 먹겠습니다" 하며 인사하고 허겁지겁 먹기 시작했어. 얼마나 배고팠을까.

어쩌면 별것 아닐 수도 있어. 그래도 그 아이가 고맙고, 더 챙겨주고 싶어지는 마음이 생기는 건 어쩔 수 없네. 나도 사람이니까.

농사

엄마, 올해는 풍년이야. 이거 텃밭도 몇 년 하다 보니까 이제 뭔가 좀 노련해지는 것 같아. 근데 학교는 왜 아직도 어려울까.

텃밭 농사도 어느덧 다섯 번째 해를 맞이했어. 아이 놀이 삼아 시작했던 텃밭이 이제는 쏠쏠한 취미가 되어버렸어. 주말마다 아이랑 손잡고 놀러갈 데가 생겼지. 싱싱하고 건강한 야채도 먹을 수 있어. 이게 해가 거듭할수록 요령도 생기고 수확량도 많아져. 나름 그 속에서 배우는 것도 많아. 교실과 텃밭은 참 닮은 점이 많거든.

조금만 게으르면 텃밭은 엉망이 되어버려. 무성하게 잡초가 자라나지. 혹은 물이 부족해 말라버리는 경우도 있어. 교실도 마찬가지야. 조금만 무관심하면 일들이 터져. 교실의 규칙이 엉망이 되거나 아이들 사이에 불화가 생겨. 잡초처럼 그때그때 해결하지 않으면 나중에는 걷잡을 수 없어져.

텃밭은 아무리 열심히 가꿔도 어쩔 수 없을 때가 있더라. 가물 때야 부지런히 물을 퍼 나르면 되지만 장마는 내가 어쩔 수가 없더라. 우산을 씌워주고 있을 수는 없으니까. 애써 키운 작물이 병들거나 터져버리는 경우도 있어. 교실도 그래. 내가 열심히 해도 내 힘으로는 감당하지 못할 일들이 종종 일어나. 그때는 주저앉고 싶기도 해.

아는 만큼 보이는 것도 비슷해. 처음에는 무조건 물 많이 주고 거름 많이 주면 되는 줄 알았지. 과습이 뭔지, 거름이 많으면 작물이 시들어버리는지 내가 어떻게 알았겠어. 경험하고 공부하는 만큼 농사가 보이더라고. 교실 농사도 마찬가지야. 그냥 정성으로만은 안 돼. 공부하고 연구하는 만큼 아이들과의 행복지수는 확실히 높아져.

수확의 기다림은 지루하지만 기쁨은 달콤해. 토마토 하나를 수확하려고 고랑 파고, 모종 심고, 지주 세우고, 곁순 따고, 물 주고를 얼마나 반복해야 하는지……. 하지만 그 노력은 배신하지 않고 언젠가는 달콤한 열매를 내어줘. 아이들도 마찬가지야. 혼내고, 달래고, 어르고, 칭찬하고, 격려하고, 사랑하며 기나긴 기다림을 지나면 다들 멋지게 성장해주더라고.

겨울이 오면 반성의 시간을 갖는 것도 똑같아. 수확을 하고 난 텃밭을 보며 올해 농사를 돌이켜보듯 교실을 떠나는 아이들을 되새겨봐. 그러면서 계획의 시간을 갖기도 해. 새해 농사는 더 잘 지어보자는 마음으로.

엄마, 아무리 농사랑 교실이랑 비슷하다 해도 하나는 인정 못 하겠더라. 바로 속갈이야. 텃밭에서는 쭉정이 씨를 골라내고 싹트임이 안 좋은 순을 솎아줘야 해. 시기를 놓치면 나머지 작물에게도 영향을 주지. 근데 교실에서는 그래서는 안 돼. 지금은 힘없는 싹이라도 언젠가는 풍성한 열매를 맺을 수 있다고 믿고 더 정성을 쏟아야 해. 그게 선생님이 할 일이니까.

첫 공개수업

엄마, 나는 누군가를 가르치는 일이 직업이지만, 누가 누군가를 가르친다는 건 참 어려운 일인 것 같아.

처음 공개수업을 하던 날이 생각나. 교내 장학수업이라고 교장·교감 선생님 앞에서 공개를 하고 조언을 받는 수업이었어. 교생 때 한 공개수업과는 또 다른 느낌이었어. 뭔가 더 책임감이 느껴졌고, 한편으로는 자신감도 있었지. 그때와는 달리 우리 반 아이들이었으니까. 수업 준비도 오래 했고, 아이들과 호흡도 잘 맞았어.

긴장을 잠시 즐기니 수업이 시작되었어. 준비한 것들을 하나씩 꺼내어 보이며 아이들과 공부를 시작했지. 밖에서 보면 별것도 아닌 더하기 빼기인 것 같아도 안에서 보면 이야기가 달라. 질문 하나에도, 발걸음 하나에도 의미가 담겨. 아이들의 특성에 따라 반응도 달라야 하고, 40분 동안의 수업 시간에는 기승전결이 담겨 있어야 해. 아마 수업을 해본 사람들은 이해할 수 있을 거야.

무사히 수업을 마쳤어. 협의회 때 교장선생님, 교감선생님 모두 특별한 말씀은 없었어. 지금 생각해보면 내가 잘해서 할 말이 없었다기보다 해줄 말이 너무 많아서 말을 꺼내시지 못했을 수도 있어. 아무튼 교감선생님께서 저녁에 시간 있냐며 고기를 사주시겠다는 거야. 내가 고생했다면서. 자취생에게 고기를 사주신다는데, 싫을 이유가 전혀 없었지. 나와 발령 동기인 선생님들도 함께하는 자리라 더 좋았지.

교감선생님께서는 고기를 굽기 시작하면서 공개수업 이야기를 꺼내셨어. 이야기는 고기를 다 먹고 후식이 나올 때까지 끝나지 않았지. 수업을 어떻게 이끌어가면 좋을지, 학교생활을 어떻게 하면 좋을지 조곤조곤 이야기해주셨어. 힘든 건 없는지 묻기도 하셨고. 물론 모든 말들이 귀에 쏙쏙 들어오진 않았지. 다 좋은 의미로 해주셨을 텐데 말이야.

그날 이후로도 시간이 될 때마다 나를 불러서 이야기를 해주셨어. 어떨 때는 조금 따끔하게 실수를 지적해주시기도 했었는데, 가끔은 지나치다 싶다는 생각이 들기도 했었어. 솔직히 나만 미워하는 것 같다는 생각을 한 적도 있었어. 왜 나한테만 이러실까, 원망을 한 적도 있었고.

교감선생님께서 교장연수를 받기 위해서 석 달간 자리를 비우셨어. 그때서야 불평과 원망이 감사함으로 바뀌는 일이 일어났어. 나도 모르게 교감선생님께서 알려주신 대로 하고 있는 나를 발견하게 된 거야. 곰곰 생각해보니 교감선생님께서 가르쳐주신 건 아이들과의 관계에서 아주 기본적인 행동이었어. 아마도 그분의 30년 노하

우였겠지. 물론 전문 서적이나 연수에서도 배울 수 있었겠지만, 아마 내가 스스로 찾아서 배우진 않았을 거야.

나도 이제 어느 정도 선배의 위치에 오르고 많은 사람들을 만나면서 조언을 하는 것이 얼마나 힘든 일인지 깨달았어. 젊은 사람들에게 조금만 조언을 해주려 하면 꼰대가 되어버리는 세상이 되어버렸잖아. 그 시절 교감선생님처럼 자기 돈을 써가며 바쁜 시간을 쪼개어 가며 후배 교사 챙기는 게 쉽지가 않아. 이건 학교뿐만 아니라 사회 어디라도 그럴 거야. 나 역시 후배에게 해주고 싶은 말이 많지만, 왠지 겁이 나서 참을 때가 많아.

엄마, 지금은 퇴직하신 교장선생님께서 나중에 말씀해주셨어. 첫 공개수업할 때 내 모습이 무슨 야생마 같았대. 칭찬이냐는 나의 너스레에 그냥 웃고 넘기시더라. 그래도 다행이야. 야생마를 이렇게 잘 길들여주셔서. 뭐, 감사할 따름이야.

첫 제자

엄마, 오늘 첫 제자를 만났어. 발령 나고 처음 만났던 아이들. 나랑 열한 살 차이밖에 안 나는, 이제는 같이 늙어갈 녀석들이야.

이 순간을 기다렸어. 선생님으로서의 로망 중 하나가 제자들과 술 먹기였어. 영화나 드라마에서 엄청 멋있게 나오잖아. 나도 늘 그런 상상을 하며 아이들이 빨리 자라기를 바랐어. 그래서 아이들과 약속을 맺었어. 중학생 때는 영 철없을 때라 좀 그렇고, 고등학생 때는 각자의 삶에 바쁘니까 또 그렇고, 수능 치고 나서 다 같이 모여 한잔하자는 약속.

드디어 약속의 그날. 너무 비싸지도 싸지도 않은 술집에서 알음알음 연락해서 모였어. 요즘에는 SNS로 조금만 찾으면 대부분 연락을 할 수 있어서 사정이 있는 아이들 몇 빼고는 함께 얼굴을 보게 되었어. 사실 나도 왠지 쑥스럽고 어색한 자리였어. 막상 만남의 시간이 다가오니까 로망의 설렘보다는 두려움이 생기기도 했지. 도둑이 제 발 저리다고, 왠지 아이들이 "선생님 그때는 왜 그러셨어요?"라고 따질 것만 같았어. 지금도 많이 부족한데 신규 교사 때는 오죽했겠어. 그때는 몰랐는데, 매년 경험이 쌓이면서 지난일이라고 하며 그냥 넘기기 어려운 일들, 후회가 되는 일들이 많아지더라고. 더 잘해줄 수 있었는데, 더 아껴줄 수 있었는데…….

아이들끼리도 서먹해 하더라. 특히 남자아이들과 여자아이들은 더 심했어. 한동안 만나지 못했으니 갑자기 살갑게 대하기가 어려웠겠지. 여하튼 대화는 자연스럽게 초등학교 때로 흘러갔어. 공통 주제는 나였고. 예상대로 나한테 혼난 무용담들이 쏟아졌지. 심지어 나만 기억 못하는 일들도 있었어. 마치 몰래카메라 장난 같기도 했어. 그래도 함께 나눌 이야깃거리가 있어서 좋았어.

잠시 편의점에 들르러 밖에 나오니, 한 아이가 따라 나왔어. 이제는 함께 걸으니 든든하던걸. 그런데 아이가 문득 이런 말을 꺼내는 거야.

"저 싸워서 선생님한테 엄청 혼난 적 있어요."

나는 잔뜩 긴장했어. 그때 내가 무슨 이야기를 했을까. 내가 상처를 준 건 아닐까. 지금 와서 어떤 이야기가 하고 싶은 걸까.

돌아온 이야기는 내 예상과 달랐어.

6학년 때 친구랑 싸우다 나한테 크게 혼났대. 그리고 그 이후로 단 한 번도 친구랑 주먹다짐을 하지 않았대. 화가 나서 친구를 때리고 싶을 때마다 내 이야기가 생각나서 참았다는 거야. 내가 무슨 이야기를 했는지 기억이 나지 않았어. 그런데 이 녀석, 끝까지 '내 이야기'가 뭔지는 말해주지 않더라. 나한테 고맙다며 꾸벅 인사만 했어. 어쨌든 아이는 즐거워 보였어 나는 기분이 오묘했고.

엄마, 아이의 이야기를 듣고 기분이 좋았는데, 한편으론 조금 무서웠어. 내가 기억도 하지 못할 만큼 무심코 뱉은 말들이 아이들에게 독이 될 수도 득이 될 수도 있다는 것을 깨달았거든. 우리에게 수업 시간이든 쉬는 시간이든 아이들과 함께 있는 시간은 다 교육활동이니까 조심해야겠어.

이제 와서 나도 모르게 아이들에게 상처준 말들이 얼마나 많았을까 반성을 하게 돼.

특기와 취미

초등학교 선생님이 되고자 교육대학교에 입학했을 때 전공을 선택해야 했어. 초등교사는 전 과목을 가르쳐야 하니까 일주일에 두 시간 더 배우는 정도지만 교사로서 특기가 생길 수 있는 기회이기도 했지. 나는 컴퓨터나 수학을 생각했었어. 12지망까지 쓰는데, 체육은 무조건 12지망이었지. 그런 내게 아빠는 초등학교 선생님이 못하는 과목이 있으면 어쩌냐면서 제일 싫어하는 체육 공부를 하라고 하셨어. 그렇게 나는 체육 심화과정으로 졸업을 했어.

상대적으로 약한 체력과 씁쓸한 운동신경은 4년 만에 바뀌었어. 물론 뛰어난 실력은 아니지만 운동을 꽤나 즐길 수는 있게 되었어. 그리고 크게 깨달은 것이 있었어. 운동이 싫었던 건 안 좋아해서가 아니라 못해서 싫었던 거였구나! 나는 이 경험을 학교 현장에서 아이들에게 오롯이 전하고 있어. 체육뿐만 아니라 음악도 미술도 컴퓨터도 모두 꼭 잘하지 않아도 괜찮다고 해. 조금만 할 줄 알아도 충분히 즐길 수 있다고 해.

초등학교에서는 딱 그 정도야. 다양한 경험을 시켜주고 즐거움을 느낄 수 있게 해주는 것까지가 학교에서 할 일이지. 이건 가정에서도 마찬가지야. 한 가지 재능을 찾기보다는 많은 것을 보여주는 게 우선이야. 잘하고 말고는 그 다음 일이야. 세상에 재미있는 일이 얼마나 많다고. 난 아이들에게 그걸 깨닫게 해주고 싶어.

아이들의 자기 소개표에는 특기와 취미가 들어가 있어. 쉽게 말해 잘하는 건 특기, 자주하는 건 취미지. 그런데 아이들이 오히려 나에게 물어봐. 자신의 특기가 뭔지, 취미가 뭔지. 나도 나에게 묻고 싶어. 내 특기가 뭔지, 취미가 뭔지. 특기라고 적기에는 뭔가 눈에 띄게 잘하지 못하고, 취미라고 하기에는 좀 부족한 듯한 마음은 서로 똑같은가 봐.

'좋아하는 일'이라고 표현을 바꿔줘도 한 칸 채우는 일이 쉽지 않아. 주변에서 그것을 보는 눈높이가 너무 높기 때문이야. 무엇인가를 잘한다, 좋아한다고 할 때는 엄청난 실력을 기대하나봐. 그래서 스스로에 대해 알아보다 결국 더 위축되곤 해.

꼭 다 잘할 필요는 없어. 꼭 지금 잘할 필요도 없고. 아니 뭔가를 꼭 잘하는 게 있을 필요도 없다고 봐. 아이가 커가면서, 경험하면서 자연스럽게 생길 거라 믿어. 어쩌다 해본 게 경험이 되고, 경험이 배움이 되고, 배움이 실력이 되어 그렇게 즐기며 살아갔으면 해. 굳이 어렵게 찾으려 고민할 시간에 말이야.

엄마, 나도 어릴 적 어른들이 "넌 뭘 잘해?"라고 물을 때 참 고민 많이 했어. 다른 애들보다 딱히 잘하는 게 없었거든. 이제와 생각해보면 굳이 다른 애들보다 잘하는 것을 찾을 필요는 없었는데. 시간을 돌린다면 난 그냥 "밥을 잘 먹어요!"라고 대답할 거야.

지렁이맛 젤리

옛날에는 엄마가 주는 거 다 잘 먹었는데. 그래서 그런지 요즘에도 식성은 어딜 가나 칭찬받아. 못 먹는 게 없을 정도지.

교생 실습을 나갔을 때였어. 아이들 입장에서도 새롭겠지만 예비 선생님들에게도 학생을 실제로 만난다는 기대와 열정이 가득 찰때지. 특히 첫 실습을 나갈 때는 마치 벌써 선생님 된 듯이 설레면서도 실수투성이야.

여름날 도소재지 학교로 실습 갔어. 나름 그 도시에서는 큰 학교라고 하지만 대도시에 비해서는 사실 아이들이 그리 많지는 않아. 안타까운 현실이기도 해. 나는 4학년에 배정받아 열 살짜리 꼬마들이 와글거리는 교실로 들어갔어. 아이들은 이미 많은 교생 실습을 경험해서인지 오히려 우리보다 더 익숙해 보였어. 아이들은 왁자지껄하다가도 진짜 담임선생님의 헛기침을 하는 소리에도 조용히 바른 자세를 했어. 당시엔 그 모습이 정말 마법 같았어. 헛기침 한 방으로 아이들을 정리하는 선생님이 존경스러울 정도였어.

쉬는 시간만 되면 아이들이 다가왔어. 자기 이야기를 조잘조잘하기도 하고 이것저것 물어보기도 했어. 내 소지품에 궁금증을 갖

기도 했지. 머리를 묶어달라는 아이, 친구가 괴롭혔다고 고자질하
는 아이, 어제 책에서 읽은 내용을 질문하는 아이, 한편으로는 그런
모습을 멀리서 부러워하는 아이도 있었어.

출근인지 등교인지 점점 헷갈릴 때쯤 아이들과 아침 봉사활동을
나갔어. 봉사활동이라고 해봐야 학교 주변 청소하는 거야. 넓은 운
동장에서 아이들과 손을 잡고 쓰레기를 줍고 있는데 한 아이가 다
가왔어. 수줍음이 많아서 그런지 늘 말없이 내 근처를 맴돌던 아이
인데 먼저 말을 걸어왔어.

"선생님, 벌레 잡았어요!"

아이 손에 들린 것은 방아깨비였어. 살살 쥐면 놓칠 새라 꼭 잡
은 아이의 손에서 바둥거리는 방아깨비는 입에서 까만 보호액을 토
해내고 있었지. 지금이라면 다시 놔주라고 했겠지만 그때는 칭찬이
능사인 줄만 알았어. 칭찬받은 아이는 신이 났고, 그러자 칭찬을 받
기 위해 다른 아이들이 난리가 났어. 순간 우리 반 아이들은 주우라
는 쓰레기는 안 줍고 곤충채집을 하기 시작했어. 너도나도 쓰레기
대신에 곤충을 잡아 내 눈앞에 보여줬지. 절정은 지렁이였어. 아이
손에서 살아 움직이는 지렁이. 어찌나 맹렬히 버둥거리는지 무슨
채찍질을 하는 줄 알았어. 아이들을 좀 진정시키고 돌아오는데 지
렁이를 잡았던 아이가 다시 내 앞을 막아섰어.

"선생님! 아 해보세요."

아이는 아껴뒀던 젤리 하나를 그 손으로 꺼내 내 입에 넣어줬어.
응. 분명히 젤리였을 거야. 내 눈으로 똑똑히 확인했어. 내가 벌레

랑 젤리도 구분 못할 리는 없잖아? 젤리 맞아. 근데 왜 지렁이 맛이 나는 거 같지? 왜 방아깨비 맛이 나는 거 같지? 운동장을 통째로 씹어먹는 맛이 나지? 순간 아이들 손에 들려 있던 자연의 친구들이 하나씩 떠올랐어. 방아깨비, 풍뎅이, 잠자리, 그리고 지렁이……. 거절할 수도 있었어. 근데 너무 초롱초롱한 눈빛으로 나를 보는 걸 어떡해.

이제와 미소 짓게 하는 건, 메스꺼움을 꾹꾹 눌러 참고 맛있다며 웃어주는 내 모습을 나 스스로 참 선생님의 모습이라고 대견해했다는 거야.

엄마, 지금도 그때 그 마음 잊지 않아야 할 텐데. 가끔 아이들과 멀어진 거리를 느낄 때 그 맛을 떠올려 보곤 해.

3장

선생님도
결국, 사람

교실에서는 매년 아이들이 바뀌고
매번 다른 아이들과의 만남이 이루어진다.
늘 새로운 일, 예상 못한 일이 일어난다.
그 사이 아이들은 꿈을 꾼다.
나는 교실에서 아이들의 꿈을 간직한다.

G에게

G야.

잘 지내고 있지?

선생님은 네가 너무 보고 싶다.

네가 화장을 진하게 하고 노란 머리를 휘날리며

내 곁으로 오던 날,

예사롭지 않은 너의 모습에 한 번 놀라고

네가 살아온 삶을 알게 되었을 때 두 번 놀라고

너의 진심을 뒤늦게 알게 되었을 때 한 번 더 놀랐단다.

선생님도 어려서

너를 충분히 알아주지 못했고,

선생님도 부족해서

어떻게 해야 할지, 무엇이 네게 최선일지 몰랐어.

그날 말없이 너와 오랜 시간 서 있었던 건

네게 화가 나서가 아니고
무슨 말이라도 해주고 싶은데
아무 말도 떠오르지 않았기 때문이야.
그렇게 너를 교실로 돌려보내면
네가 더 멀리 날아가버릴 것 같아서
보내주지 못했었어.
결국 어떤 말도 해주지 못했지만……

오랜 시간이 지나도
수소문을 해도 닿지 않는 너의 소식에
이렇게라도 마음을 전하면 혹시나 전해지지 않을까
마음을 담아본다.
너의 이름을 밝힐 수 없겠지만
'위즈'* 가 내 마음을 네게 전해주리라 기대해본다.

행여 내게 연락을 하지 못할 상황이 되더라도
부디 행복하게 자신 있게 당당하게 살아가길 바랄게.

네가 어디에 있든 무엇을 하든
넌 내 소중한 제자임에 틀림없다.
고마워 잠시라도 함께 있어줘서.

* 위즈: 선생님이 선물한 인형에 학생이 붙인 이름

오지랖

엄마, 나 축구 대회에서 동메달 땄어. 물론 내가 선수로 뛴 건 아니고, 지도교사였어. 내가 박항서 감독 정도는 되는 걸까? 아무튼 내가 지도한 아이들이 상을 타니까 너무 기뻤어.

학교에는 스포츠클럽이라는 게 있어. 예전에는 운동부 학생만 경기에 나섰지만 요즘에는 생활체육을 권장하는 의미에서 모든 학생이 참여해. 그리고 운동부 선수를 제외한 나머지 아이들끼리 종목별로 대회를 치르지. 그 대회 이야기야.

우리 학교는 배구 열풍이 불어서 운동 잘하는 아이들은 다 배구 경기에 나가. 한 사람이 한 종목밖에 못 나가기 때문에 다른 종목은 상대적으로 선수가 빈약했지. 그래도 굳이 나가려는 아이들이 있어서 팀을 만들었어. 운동 잘하는 아이들 뒤에서 늘 후보선수였던 6학년과 형들에게 밀려 대회에 나가지 못했던 5학년 아이들로 말이지. 사실 입상보다는 출전에 의의를 뒀어. 나는 며칠 고생이겠지만 아이들은 평생 추억이 될 테니까.

아이들은 잘하지는 못했지만 정말 열심히 연습했어. 주장도 뽑았어. 우리 반에서 가장 다툼이 많았던 아이. 덩치가 제일 컸던 아이. 피시방을 제일 자주 가던 아이. 세상에서 게임이 제일 좋다던 아이. 완장을 달아주면 좀 더 열심히 하려나 했는데, 정말 열심히 하더라.

대회가 시작됐어. 놀랍게도 이겨버렸어. 감독이 '이겨버렸다'고 하니 웃기지? 정말 기대를 안 했거든. 대진표가 운이 좋았나 봐. 그것도 2:0으로 이겼어. 모두가 놀랐지. 제일 놀란 건 나야. 사실 간식 준비도 하루치만 결제했거든. 그런데도 아이들은 이미 결승전을 준비했어. 아직 4강인데 말이야. 뭔가 짠하기도 했고, 기대가 부족했던 탓에 미안하기도 했어.

다음 날 준결승전을 했어. 전후반 무승부로 버텨 연장전까지 갔어. 난 모든 아이들을 그래도 한 번씩 뛰게 해줄 마음에 선수 교체를 싹 해버렸어. 고생 같이 했는데 운동장은 밟게 해줘야지. 그런데 이거 어쩔까나? 연장전까지 버텨서 승부차기에 들어갔어.

규정상 교체로 나간 선수는 승부차기를 할 수가 없어. 현재 상황은 대부분 처음 승부차기를 해보는 아이들이 운동장에 있었지. 그아이들, 긴장해서 골대 안쪽으로도 못 찼어. 기가 막힌 게 상대방도 비슷한 상황이었나 봐. 5명이 넘어서도 무승부는 이어졌어. 7번째가 지나고 8번째 골대 앞에선 우리 팀 선수를 보니 주장이었어. 멀리서도 큰 덩치와 팔에 낀 완장이 보였지. 차마 못 보겠더라. 뒤돌아 짐을 정리하는 체하면서 곁눈질로 보았지. 마치 어릴 적 공포영화를 볼 때처럼 말이야. 그런데 순간 골대 그물이 출렁였지 뭐야. 실수였는지 실력이었는지 모를 만큼 정말 멋있는 슛이었어. 아이들이 미친 듯이 좋아했고, 그 기세에 눌려서인지 상대방 아이의 마지막 공은 골대 밖으로 날아갔어.

승부차기 승리! 종료 휘슬이 불리자 주장 아이는 내게 달려왔어. 캬하! 박지성과 히딩크 같았어. 그 표정을 잊지 못해. 변성기의 그 어중간한 목소리로 "게임보다 축구가 더 좋아요"라고 이야기할 때는 뭔지 모를 보람도 들었어. 나는 완장을 빼려는 아이에게 꼭 집까지 차고 가라고 했어. 부모님께 가서 오늘의 무용담을 꼭 말씀드리라고 했어. 신나서 집으로 가는 아이를 보면서 나는 핸드폰을 들었어.

안녕하세요 오늘 연호가 축구대회에서 큰 활약을 했어요. 우리 팀의 주장이기도 합니다. 아이가 오면 크게 칭찬해주세요.

이렇게 문자 메시지를 썼다가 잠시 고민했어. 이게 초등학교 6학년 학부모님께 보낼 메시지인가? 오지랖 아닐까? 결국 안 보냈어. 아이가 어련히 알아서 자랑할 테고, 부모는 알아서 또 칭찬해줄 거라는 생각이 들었거든.

다음 날 학교에 오니, 왠지 주장 아이가 시무룩해 있었어. 이유를 물어보니, 뜻밖의 답이 돌아왔어. 아이가 집에 가서 엄마한테 자랑을 했는데, 엄마가 "그래서 뭐?"라고만 했다는 거야.

너무나 후회가 되었어. 승리의 기쁨에 들떠 있던 아이는 자초지종을 잘 설명하지 못했던 것 같고, 아무것도 모르는 엄마는 바쁜 탓에 상황을 잘 파악하기 힘들었던 모양이야. 아무튼 아이의 표정에 마음이 너무 아팠어. 한 학기 동안 정말 열심히 했는데…….

우린 다음 경기에서 0:8로 시원하게 졌지만 공동 3등으로 동메달을 땄어. 그래도 좋아하는 아이들 사이에서 여전히 표정이 굳어 있는 주장 아이를 보았어. 대회가 끝나고 모두들 일상으로 돌아왔지. 학교 마치고 축구부 아이들이 운동장으로 갈 때 그 아이는 다시 피시방으로 향했어. 그냥 겨울이 다가오니까 추워서 그랬을까?

엄마, 그날 내가 아이 엄마한테 문자를 보냈더라면 상황이 달라졌을까? 엄마라면 그런 문자를 받았을 때 기분이 어떨 거 같아? 부담스러웠을까? 행여 다른 아이들 부모님이 이 사실을 알았다면, 편애한다고 섭섭해 하셨을까? 잘 모르겠어. 근데 확실한 건 나는 아이를 볼 때마다 그 순간이 후회가 돼.

손잡기

한 아이가 있었어. 엄청 개구쟁이였고, 늘 꾀죄죄했어. 무엇보다 아이에게는 늘 좋지 않은 냄새가 났어. 친구들은 당연히 그 아이를 피했지. 씻길 수 있는 만큼 씻겨 보고 챙겨줄 수 있는 것들은 챙겨 줬지만 한계가 있었어. 습관적으로 입에 물고 있던 옷에는 침냄새가 가득이었어. 무더운 여름날이면 나조차 옆에 있기 쉽지 않았어.

아이는 수업준비가 되어 있지 않아 나를 더 곤란하게 했어. 준비물이 없다는 것은 결국 지적 사항이 되는 거야. 선생님에게 지적 받는 모습을 많이 보이면 다른 아이에게도 영향이 미쳐. 칭찬을 많이 받는 아이보다 더 만만하게 생각을 해. 이 아이뿐만 아니라 누구든지 마찬가지야. 그래서 가급적 덜 지적하고 싶었지만, 매일 뭔가를 챙겨오지 않았어.

음악 수업이 있는 날이었어. 아이는 한 번도 리코더를 챙겨오지 않았어. 물론 다른 친구들에게 빌려오지도 못했지. 회신이 필요한 가정통신문도, 부모동의서도, 교과서도, 준비물도 늘 잃어버리는 아이에게 나도 적절히 약이 올랐나봐. 오늘도 깜박했다며 현관에 두고 왔다는 아이의 말을 더 이상 믿을 수가 없었어.

집에 다녀오겠다는 아이의 말에 혼자 보내기 걱정되어 쉬는 시간을 이용해 함께 집으로 향했어. 화가 난 나와는 다르게 아이는 왠지 모르게 신이 나 보였어. 횡단보도만 하나 건너니 바로 집이 나왔어. 복도식 아파트였는데, 문 밖에 꺼내어 놓은 폐휴지들 속에서 내가 보낸 가정통신문이 눈에 띄었어.

아무도 없는 집에 번호가 눌려지고 문이 열렸어. 결례가 될까 들어가 보지 못했는데, 문틈으로 본 집 안의 모습은 믿을 수가 없었어. 오솔길. 집 안에 오솔길이 있었어. 쓰레기와 빨랫감, 각종 짐들이 바닥에 널브러져 있었고, 그 사이에 TV와 컴퓨터 앞으로 가는 길만 드러나 있었어. 쌓여 있는 빨래와 쓰레기에서는 냄새가 났어. 그제야 아이 몸에서 나는 냄새를 이해할 수 있었지.

결국 우리는 빈손으로 나왔어. 리코더가 있었을 리가 없었지. 있더라도 짧은 시간에 찾을 수는 없었어. 어느 정도 예상은 했던 일이야. 여기다가 뒀는데 없어졌다는 아이 말에 더 이상 물어보지 않았어. 괜찮다며 그냥 돌아오는 길에 문구점에서 하나 사서 손에 들려줬어. 마음이 너무 무거웠어. 내가 뭘 할 수 있을지, 뭘 해야 할지 막막했어.

보호자에게 전화해봤지만 크게 달라지는 건 없었어. 내가 아이의 집에 개입하는 것을 달가워하지도 않았어. "애가 말을 안 듣는다. 바빠서 그렇다. 잘 알겠다"라는 대답만 오고갈 뿐이었어. 어디까지가 선생님의 일이고 어디까지가 오지랖인지 혼란스러웠어. 그 사이 아이는 점점 변해갔어. 친구들에게 미움 받는 아이가 행복할 리 없지.

방과 후에 아이를 남겼어. 딱히 학원을 다니는 것도 아니고, 집에서 누가 기다리고 있는 것도 아니고, 가봐야 혼자 컴퓨터만 하는 것 같았어. 차라리 내가 데리고 있어야겠다고 생각했어. 교실에서 그냥 나랑 놀았어. 내가 바쁠 땐 심부름을 시키기도 하고, 한가할 땐 운동장에서 둘이 공놀이를 했어. 다른 애들 앞에서 칭찬할 거리 만들어주려고 봉사활동 삼아 교실 청소도 시켰어.

친구들과의 다툼은 줄었어. 사이가 좋아졌다기보다는 서로를 포기한 듯 보였어. 관계가 없으니 싸울 일도 없었겠지. 교우관계는 내가 억지로 도와줄 수 있는 일이 아니야. 어른도 마찬가지잖아. 사람을 좋아하고 싫어하는 건 누가 시켜서 할 수 있는 일이 아니니까.

얼마 못 가 아이는 나와 있는 시간도 조금씩 싫증내는 듯했어. 그러니까 나 역시 오롯이 아이에게 집중하기 어려웠어. 결국 아이는 공부방을 다닌다며 내게서 벗어나더군. 사실 공부방에 가는 것 같지는 않았지만, 어쩔 도리가 없었어. 놓아주는 수밖에.

아이는 그 이후로도 맨날 지각하고, 늦게까지 뭘 했는지 수업 시간에 자주 졸았어. 침을 흘리는 건 줄었지만, 대신 말이 늘었어. 보다 날카롭고 매서운 단어들로 가득 찬 말들이. 그렇게 아슬아슬한 외줄타기 속에 아이와의 시간이 끝이 났어.

엄마, 돌이켜 생각해보면 열 살짜리 아이였는데 손 한번 잡아주지 못했던 거 같아. 무관심에 익숙해져버린 아이에게 가장 필요했던 건 따뜻한 손길이었을 텐데. 침 꼬질꼬질했던 손이라도 한번 꼭 잡아줄걸, 후회가 들어. 아이가 중학교 때 살짝 내 생각이 난다며 연락이 한 번 오고는 소식이 끊겼어. 지금은 성인이 되었을 텐데, 잘 살고 있을까? 아이가 어디서든 사랑 많이 받으면서 살고 있기를 바라. 부족한 선생님이었던 내가, 감히.

상담하는 선무당

　엄마가 알고 있을지 모르겠지만, 나는 상담교사 자격증이 있어. 심지어 대학원도 나온 사람이지.

　교사가 되고 이듬해 다른 고민을 했어. 대학원에서 공부를 더 하고 싶었어. 석사 학위에 대한 욕심도 있었지. 어떤 공부를 할까 고민했어. 학사 전공했던 체육을 더 깊게 공부할까? 요즘 핫한 컴퓨터를 전공해볼까? 교육행정을 배워볼까? 고민하던 찰나에 '상담'이 눈에 들어왔어.

　고등학교 때 형이 심리학책을 들고 다니던 모습이 너무 멋있어 보였어. 뺏어서 읽어 봤지만 뭔 말인지 하나도 몰라서 포기했었지. 그 기억이 떠올랐어. 졸업하면 전문상담가 자격증도 얻고, 교실에서 아이들 고민도 잘 들어줄 수 있을 것 같아 냉큼 선택했어. 낮에는 선생님, 밤에는 학생인 생활이 시작된 거야.

　상담 수업은 너무 재미있었어. 상담센터에 가서 말로만 듣던 심리검사를 종류별로 다 해봤어. 학생 때 하던 적성검사와는 많이 달랐어. 교수님의 지도 사례도 듣고, 모의 상담도 진행해봤어. 대학교 때 교양수업과는 많이 달랐어. 내가 학교에서 아이들을 직접 만나

145

보니까 깊게 와 닿았던 거 같아. 멋있는 상담가가 되어서 아이들의 문제 상황에 한 줄기 빛이 되는 조언을 해주는 상상을 해봤어. 내 말 한마디에 아이들의 굳었던 마음이 녹아내리고 사람 간의 갈등에 화해의 꽃을 피울 수 있을 줄로만 알았어.

졸업반이 되고 논문을 쓰기 시작할 때쯤 나는 그 아이를 만났어. 가슴 속에 상처가 깊은 아이, 다른 사람에게 마음을 열지 못하는 아이, 그래서 모두가 꺼려하는 아이를 만나게 된 거야. 나는 아이에 대한 열의가 넘쳤지. 아니, 자신감이 넘쳤다고 해야 될까봐.

내가 배웠던 것들, 아이에게 쏟아내기 시작했어. 하나라도 도움이 될까 싶어서. 하지만 내가 부족했던 걸까? 한 학기가 지나도 아이는 달라지지 않았어. 결국 전문상담센터에 의뢰를 하게 되었지.

교수님께 상황을 말씀드렸어. 그 아이의 상태와 내가 한 노력을 상세히 설명했어. 그런데도 아이가 변화가 없다고 하자 교수님이 한마디 던지셨어.

"그래서 변화가 없었을 거예요."

순간 머리를 강하게 맞은 듯했어. 나는 교수님께서 내 노력에 위로와 칭찬을 해주실 줄 알았거든.

아이를 위해 어떤 한 가지 방법을 선택했다면, 느리고 힘들더라도 아이를 믿고 기다려줬어야 했다는 거야. 나는 선무당이었던 거지.

이후 무사히 수업과 논문을 마쳤고, 상담교사 자격증까지 취득했어.

"나는 선생님이지 아직 상담가가 아니다."

자격증을 땄지만 나는 스스로에게 이렇게 말했어.

상담치료는 사람의 마음 가장 깊숙한 부분을 어루만지는 일이야. 자칫하면 상처를 더 덧낼 수도 있어. 인터넷에서 얻은 적당한 정보와 자료로 할 수 있을 거라고 생각해서는 안 돼. 너무 자신해서도 안 돼. 아이들의 마음은 우리 마음보다 훨씬 복잡하고 여리거든.

엄마, 내가 힘들어하는 아이들을 위해 할 수 있는 상담은 한 마디 말을 해주는 것보다 열 마디 말을 들어 주는 거야. 이게 내가 대학원에서 2년 동안 배운 내용이야.

사생활

엄마, 애를 키워본 거랑 애를 가르쳐본 거랑 어떤 관계가 있을까? 애를 키워보지 않으면 좋은 선생님이 될 수 없는 것일까.

결혼하기 전에 학부모에게 많이 들어본 말.
"아직 선생님께서 결혼을 안 하셔서 모르시겠지만……."
결혼하고 아빠가 되기 전에 많이 들어본 말.
"아직 선생님께서 애가 없으셔서 모르시겠지만……."
아빠가 되고 나서 많이 들어본 말.
"아직 선생님께서 자녀분이 어려서 모르시겠지만……."
학부모가 되고 나서 많이 들어본 말.
"선생님께서 딸을 안 키워보셔서 모르시겠지만……."
학부모님과 대화하다 보면 어렵지 않게 듣는 말들이야. 물론 틀린 말은 아니야. 결혼을 하고 나서, 아이가 생기고 나서, 아이가 학교에 가고 나서 학교에서 학생들을 보는 시각이 꽤나 바뀌었으니까. 일정 부분 공감이 되는 건 사실이야. 미처 경험하지 못했던 감정들이니까.

하지만 그런 경험이 없으면 좋은 선생님이 못 될까? 극단적인 비유지만, 의사선생님이 모든 질병을 앓아보지 않았다고 해서 실력 없는 의사선생님이 되는 건 아니잖아. 그게 맞다면 산부인과에서 일하는 남자 의사선생님들은 전부 무능하겠네?

학교에는 미혼이신 선생님도 있고, 결혼은 했지만 아이가 없는 분도 있어. 계획 중이신 분도 있지만 계획이 없는 사람도 있어. 그분들은 이런 소리를 더 자주 들을 수도 있겠다. 교단에서 아이를 키우는 직접적인 경험이 꼭 필요한 것일까 생각을 해봐.

아이를 키워보지 않았어도 그 또래 수많은 아이들을 만나봤기 때문에 아이를 더 객관적으로 바라볼 수 있어. 육아를 해본 사람은 부모의 마음을 더 잘 이해할 수는 있겠지만, 우리는 학생에 대한 이해가 우선이 되어야 해. 그렇기 때문에 육아 경험의 부재가 학생 이해에 큰 걸림돌이 된다고는 생각 안 해.

얼마 전에는 동료 선생님의 눈물을 보았어. 아이를 셋 낳고 복직한 선생님이셨어. 누구보다도 열정적이고 따뜻한 선생님이셨어. 아이들을 예뻐하는 게 눈에 보였지. 어느 날 "애가 셋이라 힘들어서 아이들에게 관심이 없다"라는 핀잔을 학부모에게 들었나봐. 교사의 평가에 사생활이 얼마나 들어가야 하는지 고민하게 돼.

나도 학부모가 되니 참 느껴지는 것이 많아. 왜 이렇게 학교에서는 하라는 게 많은지, 챙겨줘야 할 건 또 왜 많은지 모르겠어. 조금만 정신없어도 놓치는 게 많아. 내가 실수하면 우리 아이에게 피해

갈까봐 마음 졸이기도 해. 그래서 그동안 이해 못했던 학부모들의 삶을 다시 돌아보게 돼. 하지만 그걸 깨달았다고, 교육관이 변한 건 아냐. 교사의 개인적 삶이 때론 학생에게 영향을 줄 수는 있겠지만, 평가의 잣대가 되어서는 안 된다고 생각해.

교사의 의무 중에는 '품위유지'라는 게 있어. 교사로서 갖추어야 할 기품을 어기면 징계를 받는, 귀에 걸면 귀걸이 코에 걸면 코걸이인 법이지. 정확한 규정은 없어도 사회적 통념은 있어. 음주, 도박, 성범죄, 외도, 폭행 등 학생들의 인격 성장에 크게 지장을 줄 만한 행동을 해서는 안 되는 교육법이야. 그밖에도 처벌 대상은 아니겠지만 언행, 생활습관, 옷차림 등도 교사의 품위에 속한다고 해. 하지만 미혼, 비육아는 교사의 품위를 떨어뜨리지는 않아.

엄마, 가끔씩 초등학생도 학생이 교사를 선택하게 하면 학교는 어떻게 변하게 될지 상상을 해봐. 좋은 선생님의 기준이 많이 바뀌겠지? 그렇게 되어도 사생활은 좀 남겨줬으면 좋겠어.

선택과 집중

교실에는 늘 말썽꾸러기가 있기 마련이야. 그런 아이들에게 당연히 더 신경이 쓰여. 어쩔 수 없어. 그 아이도 학생이고 나머지 아이도 학생이니까. 똑같이 대해줘야 하는 게 맞아. 보통 아이의 행동이 어디서부터 비롯되었는지 어떻게 도와줄 수 있는지 찾기까지는 오랜 시간이 걸려. 결국은 못 찾고 떠나보낼 때도 있지. 그렇다고 모른 척할 수는 없어.

올해도 우리 반에는 말썽꾸러기가 있었어. 정도가 좀 심해서 아이들 사이에서도 쉽게 녹아들지 못했어. 특별한 이유가 있기보다는 자기 마음대로 하려고만 했고, 관심을 지나치게 받고 싶어 했어. 모두가 불편할 정도로 말이야. 선생님 입장에서도 지켜보고만 있을 수는 없었어. 다른 아이들의 원성이 자자했기 때문이야.

아이는 나쁜 마음이 아니었어. 어쩌다 교실에 단 둘이 있게 되면 이런저런 말도 잘하고, 그냥 좀 다른 아이들보다 어린 마음을 가졌다는 느낌 정도였어. 그런데 다른 아이들이랑 함께 있으면 꼭 일을 냈지. 친구들은 자기 마음대로 움직여주지 않으니까 화가 나는 거였어. 다른 친구들도 고작 초등학생일 뿐인데, 이 아이의 마음을 전적으로 이해한다는 건 어려웠을 테야.

수업 시간마다 문제였어. 나나 다른 아이들의 관심을 끌기 위해서 수업을 방해했지. 말끝마다 청개구리처럼 대꾸하기도 하고, 무시하면 물건을 던지거나 이상한 소리를 냈어. 자기 마음대로 하고 싶으니까 규칙이 지켜질 리 없고, 다른 아이들과도 거리가 멀어졌지. 거의 매시간 일어나는 일이었어. 나에게도 물건을 던지거나 싫다고 소리를 질렀으니까.

어쩔 수 없이 나는 나의 많은 시간을 이 아이에게 할애할 수밖에 없었어. 관심을 더 주거나 훈육을 하기 위해서 다른 아이들보다 더 많이 눈을 마주쳤지. 나는 이런 노력으로 아이를 조금 더 성장시킬 수 있다고 믿었어. 시간이 오래 걸리더라도 헛되지 않을 거라 생각했지. 나도 쉽지는 않았어. 교사이기 전에 인간으로서 올라오는 감정을 짓누르며 아이를 마주했으니까.

시간이 지나고 졸업이 다가왔지만 아이에게 큰 변화는 없었어. 다른 선생님들께서는 그래도 내가 그만큼 했으니까 더 나빠지지 않았다며 위로해줬어. 한 선배는 교사가 모든 아이들을 다 바꿀 수는 없다고, 그래서 담임이 매년 바뀌는 거라고 말해줬어. 너무 감사한 말이었어. 나 사실 자괴감에 빠져 있었거든. 나 스스로 무능력한 선생님이라는 생각이 들었다고.

일은 다른 곳에서 터졌어. 그 아이가 아닌 다른 아이들이 몇 가지 일에 휘말렸어. 큰일은 아니었지만, 조금 의외의 인물들이었어.

일을 수습하면서 아이들의 눈을 마주하는데 뭔지 모를 어색함이 느껴졌어. 한 해 동안 함께해온 아이들인데 추억이 그려지지 않았어. 순간 나는 아차 싶었어. 내가 너무 한 곳만 보고 있었나봐.

엄마, 내가 만약 그 아이보다 다른 아이들에게 더 신경을 썼더라면 어땠을까. 항상 아토피 때문에 힘들어하는 형에게 더 신경 쓰인다는 엄마의 말에 내심 섭섭해 했는데, 이제는 엄마 마음을 조금은 알겠어.

과유불급

오늘 아침에 전화 한 통을 받았어. 30년 넘게 살면서 먹은 욕을 하루아침에 다 들어버렸어. 덕분에 나 오래 살겠다.

학교의 몇 안 되는 남자선생님반 아이들의 혜택이라면 무엇일까. 바로 체육이 아닐까 해. 물론 체육을 좋아하는 여자선생님들도 계시지. 남자선생님 중에 움직이는 것을 싫어하시는 분도 있고. 아무튼 꼼꼼하고 다정하지는 못하더라도 아이들과 신나게 뛰어놀아주는 것이 우리 반 아이들에게 내가 해줄 수 있는 일이라 생각했어.

어느 날 오후 시간이었어. 교내 구기 대회를 맞이하여 축구 특별 훈련이 시작되었지. 아이들에게 훈련이라고 해서 특별할 게 뭐 있겠어. 그냥 편을 나눠서 축구를 하는 것뿐이야. 나와 여자아이들이 한편, 남자아이들이 한편이 되어서 한바탕 뛰어놀았어.

3, 4학년 아이들은 남녀간 특별한 차이가 없어. 남학생보다 운동을 더 잘하는 여학생도 있어. 사실 내가 경기의 흐름을 적당히 조절해주는 것도 있었지만 남녀간 팽팽한 대결에 대부분의 아이들이 즐거워했어.

하지만 무슨 수업이든 마음에 들지 않아 하는 아이는 꼭 있어. 운동이라는 것을 즐기지 않는 아이들은 체육 시간을 상당히 지겨워 해. 그날도 물론 그런 아이들이 있었어. 축구 골대 앞에 모여서 이야기하는 아이들.

나도 어렸을 때 그러긴 했지. 몸이 약하고 운동을 못해서 체육 시간은 늘 부담스러웠어. 한 번쯤 같이 어울려 볼까 해도 눈에 띄는 실력 차이에 용기가 안 났지. 실수 후에 따라오는 비난을 감당할 자신도 없었고. 아무튼 그렇게 피하다 보니 내게 기회라는 것은 주어지지 않았고 운동은 점점 멀어지게 되었지. 한마디로 악순환이었어.

그 악순환을 대물림해주고 싶지 않아서였을까. 그러지 말았어야 했는데, 골대 앞에 모여서 이야기하는 아이들에게 일부로 공을 찼어. 한 번이라도 기회를 갖게 해주고 싶었어. 그뿐이야. 하지만 내가 찬 공은 아이들에게 세차게 날아갔고, 운 없게 그중 한 아이의 팔에 맞게 되었어. 공에 맞은 아이는 많이 아픈지 팔을 쥐어 잡았지.

아이가 괜찮다고 했지만 표정이 안 좋아 보여서 반장을 동행시켜 보건실로 보냈어. 마음이 영 무거웠어. 쉬는 시간에 부모님께 자초지종을 설명드리고 집에서도 아파하면 병원에 꼭 들러달라고 전해드렸어. 그때까지만 해도 일이 커질 줄은 몰랐어.

저녁 시간이 되자 아이 아버님에게서 전화가 왔어. 다짜고짜 화를 내기 시작했어. 아이의 팔에 깁스를 해야 한다며, 어떻게 선생님이 아이에게 그렇게 할 수가 있냐며 서운해 하셨어. 늦게 퇴근해 아이의 상태를 본 어머님한테도 비슷한 전화를 받았어. 내가 나쁜 의도로 그런 건 아닌데 아이가 학교에서 다치면 많이 속상하니까, 그것도 선생님이 그랬다니까 더 화가 나셨나 봐.

다음 날 아이를 만났어. 아이는 생각보다 밝았어. 오른팔이라 불편해 하기는 했지만 친구들이 잘 도와주더라고. 아프지 않냐는 걱정에도 오히려 괜찮다며 씩씩해 하는 아이에게 미안했어. 안쓰럽기도 했고. 마침 그날 비가 와서 나는 집에 데려다주겠다고 했지. 하지만 아이는 친구랑 함께 가겠다며 씩씩하게 말했어.

주말이 지나고 월요일 아침이 되었어. 나는 전화 한 통을 받았어. 아이의 할머니였어. 나는 30여 분 동안 할머니에게서 입에 담지 못할 욕설을 들었어. 정말 표현할 수 없을 정도로 심한 말들. 할머니는 나를 저주하겠다는 마지막 말을 남기고 대답할 새 없이 전화를 끊어버리셨어.

알아. 이유야 어쨌건 나로 인해서 아이가 다친 건 맞아. 내가 사과하고 해명을 해도 속상한 건 어쩔 수 없는 것도 맞고. 근데 그날은 정말 아이 얼굴을 보는 게 너무 힘들더라고.

엄마. 체육은 특히 열심히 가르치지 말라는 선배들의 말이 다시 한 번 실감이 났어. 내가 백 번 잘해도 아이가 한 번 다치면 끝이라고. 맞아. 내가 과했어. 이제 적당히 해야겠어.

치료비와 수고비

엄마, 오늘은 정신이 하나도 없었어. 하루에 보통 6교시를 하는데, 그중 한 번 정도는 전담시간이야. 한 과목만 담당하는 선생님이 계셔서 그 교과를 배우러 아이들이 가. 나 같은 담임교사들에게는 잠시 쉬거나 밀린 일을 할 수 있는 황금 같은 시간이지.

오늘은 점심 먹은 다음, 5교시가 그런 시간이었어. 점심시간이면 아이들은 밥을 빨리 먹어치우고 놀러 나가. 운동장이건 교실이건 건물 밖이건 학교에서 허락해준 모든 곳에서 신나게 놀아. 나는 아이들과 가끔씩 같이 놀 때도 있고, 교실에 남아 있는 아이들과 이야기를 나누기도 하고, 간단히 차를 마시며 쉬기도 해. 사실 급식지도하고 나면 그리 시간이 많지도 않아.

오늘은 좀 지쳐서 교실에 앉아 아이들 노는 거 구경하고 있었어. 갑자기 한 아이가 교실로 뛰어와서는 소리쳤어.

"선생님 원기가 2층에서 떨어졌어요!"

그 소리와 함께 내 심장도 함께 떨어졌어. 짧은 시간에도 많은 생각들이 스쳐갔어. 얼마나 다쳤을까? 왜 그랬을까? 어디서 그랬을까? 복잡해진 머리를 이 무거운 몸뚱이에 달고는 아이와 함께 그곳으로 향했고, 바닥에 쓰러져 울고 있는 아이를 발견했어.

큰 외상은 없었지만 아이는 아파서 걷지 못했어. 보건실로 향했지만 응급처치를 할 뿐 병원에 가봐야겠다고 하셨어. 아이에게 왜 그랬는지, 어디서 그랬는지는 묻지 않았어. 묻지 않아도 옆에 있는 꼬맹이들이 알아서 다 이야기해주거든.

일단 아이의 상태가 중요하니까 부모님께 전화를 했어. 아무도 받지를 않았어. 아이는 아프다고 울고 가정에서는 연락을 받지 않아. 어쩔 수 없이 혹시 크게 다친 건가 싶어 나머지 아이들을 다른 선생님께 부탁하고 아이를 업고 정형외과로 향했어. 엑스레이를 찍고, 의사 선생님을 만났어. 뒤꿈치에 실금이 갔지만 크게 걱정할 정도는 아니라 당분간만 조심하면 된다고 하대. 참 다행이었어. 간호사가 처방전을 주며 '○○이 아버님'이라고 불렀지만 굳이 선생님이라고 대꾸하지 않았어. 이래나 저래나 보호자인 것은 마찬가지니까.

학교로 돌아오는 길이 돼서야 아이에게 왜 그랬는지 물어봤어. 보도블록 위에서 놀고 있었는데, 동생들이 놀던 공이 현관 비막이 공간에 올라가 어쩔 줄 몰라 하는 것을 보았대. 그래서 자기가 꺼내주려고 2층 창문으로 넘어가 공을 던져줬지만, 다시 창문으로 넘어오기에 창문이 좁고 높아 그냥 아래로 뛰어내렸다는 거야. 하! 이걸 칭찬을 해줘야 할까 혼내야 할까.

그제야 아이 엄마한테 전화가 왔어. 지금 아이를 데리러 오겠대. 보통 학부모와 연락이 안 돼 부재중 통화를 찍게 되면 꼭 문자를 남겨. 학부모들은 학교에서 연락 오면 불안해하시거든. 그래서 문자 먼저 보내고 전화하거나 용건부터 말하는 경우가 많아. 오늘도 문자로 이미 상황을 아시고 계셨어. 우리가 주차장에 도착해 내릴 때쯤 아이 엄마가 도착하셨어. 그런데 아이 엄마의 첫마디가 좀 뜻밖이었어.

"얼마예요?"

9,800원. 진료비 7,000원에 약값 2,800원 해서 9,800원. 돌려받을 생각은 크게 없었어. 보험 처리할 만한 금액도 아니었으니까. 근데 얼마냐는 말이 훅 들어오니까 얼떨결에 "9,800원입니다"라고 말해버렸네. 아이를 먼저 차에 태운 학부모는 지갑에서 만 원짜리 하나를 꺼내줬어. 그러고는 갔어. 나 혹시 200원 번 거야?

내가 고맙다는 말을 기대했던 걸까. 아니면 그 짧은 시간에 사방에서 놀고 있는 모든 아이들을 관리 감독 못한 나를 탓한 걸까. 너무 바빠서 빨리 가셨어야 했나. 잘 모르겠어. 그렇게 교실로 돌아왔고, 음악실에서 노래를 부르던 아이들도 교실로 돌아왔어. 아무 일 없었다는 듯이 하루 일과가 지나갔어.

난 퇴근길에 그 200원을 거슬러주지 못한 것이 마음에 내내 걸렸어. 물론 다른 것이 마음에 찜찜하게 남았을지도 몰라. 길 건너에 편의점이 보이길래 200원짜리 막대사탕이나 하나 사서 아이에게 줘야겠다 싶었어. 계산을 하려 주머니에 손을 집어넣으니 그 만 원짜리가 만져졌어.

'편의점에서 맥주나 사가야겠다. 수입맥주 4캔 만 원!'

등굣길

엄마, 어제는 비가 억수같이 내렸어. 오늘같이 비가 오는 날이면 아빠가 종종 학교까지 차를 태워다주곤 했는데. 요즘에도 그런 부모님들이 많아.

우리 학교 입구는 폭이 좁고 일방통행이라 좀 위험해. 사고 난 걸 본 적은 없지만 늘 조심해야 해. 심지어 아침에 화물차가 길거리에 주차되어 있어. 교장선생님이 한번 전화로 부탁했는데도 해결이 잘 안 되나 봐. 그래서 오늘 같은 날이면 아비규환이 따로 없어. 아이들을 데려다주는 학부모의 차가 학교 안으로 들어오면 나가는 차와 겹쳐서 입구가 막혀. 주차차량과 정차차량 그리고 이를 피해가려는 차들이 엉키고, 빗속에서 그 사이로 지나다녀야 하는 아이들은 너무 위험해. 물론 차에 탄 아이는 안전하고 편하게 등교할 수 있겠지.

교장선생님께서는 이런 날에만 조금 일찍 와서 교통지도를 해달라고 부탁하셨어. 일 년 중에 몇 번이나 되겠어. 또래 남교사들은 특수부대나 된 듯 각자의 위치와 역할을 정했지. 형들은 입구에서 들어오는 차를 막고, 나는 도로가에서 내린 아이들을 챙기는 걸로.

비가 너무 많이 와서 우리는 체육복으로 갈아입고 우산 하나 들고 나섰어. 바지도 신발도 물에 흠뻑 젖었지만 재미있었어. 몇몇 학부모님께서 해주시는 감사 인사를 받는 것도 좋았어. 그렇게 등교시간이 끝날 무렵 일이 터졌어.

학부모와 한 선생님 사이에 실랑이가 벌어졌어. 그것도 빗속에서. 마치 예전에 봤던 박중훈과 안성기가 나오는 영화 〈인정사정 볼 것 없다〉의 한 장면을 본 것 같았어. 다만 안타까운 건 아이들이 보는 앞이었다는 거야. 학부모는 "니가 뭔데 이래라 저래라나?" 하며 큰소리를 치셨어. 주변의 사람들이 급하게 다가가 말렸어.

나중에 이야기를 들어봤는데, 체육복 바람이라 공익인 줄 알았대. 공익한테는 그래도 되나 싶어. 아빠의 마음으로는 아이가 최대한 비 안 맞게 학교 깊숙이 데려다주고 싶었겠지. 선생님 마음으로는 그렇게 한두 대씩 들어오기 시작하면 걸어오는 아이들이 위험해서 막았던 거고. 그렇게 한바탕 소동이 지나고 나서야 화가 조금 누그러진 아이 아빠의 모습 뒤로 아이가 눈에 들어왔어. 아이는 차 속에 앉아 있었는데, 잔뜩 당황한 표정이었어. 난 그 아이를 알아. 우리 반 애 동생이야. 지금은 괜찮은데 작년에 큰 수술을 했다고 들었어. 아픈 아이를 위해 부모는 더 학교 깊숙이 들어오고 싶었을지도 몰라. 물론 그 선생님은 그걸 알 리가 있었겠어.

다음날 교장실로 찾아온 학부모는 선생님하고 좋게 화해했어. 서로 감정이 앞섰다며 오해도 잘 풀었고, 웃으며 서로 사과도 했어.

누가 잘못한 걸까. 학교와 학생을 먼저 생각한 선생님일까. 아이를 먼저 생각한 아빠일까. 아이는 어떻게 생각할까 궁금해.

엄마, 나는 그냥 비가 안 왔으면 좋겠어. 적어도 아침 8시 30분까지는 말이야.

장래희망

기억나? 내가 3학년 때인가 장래희망에 평범한 사람이라고 적었던 거. 우리 선생님이 그때 엄청 진지하게 말했어. 평범한 사람이 되는 거 정말 어렵다고. 지금의 난 평범한 사람이 된 걸까?

매년 장래희망을 조사해. 이게 무슨 의미가 있는지 가끔 헷갈려. 열 살 전후의 나이에 장래희망이 그렇게 중요한 건가 싶어. 사실 학교에서 하라고 하니까 하는 거야. 그러면서도 나는 어떤 장래희망이 나올까 기대하기도 해.

진로교육이 강조가 되면서 '꿈' 적는 일보다 '하고 싶은 일'을 적으라고 해. 근데 이 두 가지는 뭐가 다를까.

장래희망, 아니 미래에 하고 싶은 일이라는 물음 다음에 오는 빈칸과 마주한 아이들은 대부분 고민을 해. 속 시원하게 적어내는 아이들이 드물어. 나 어릴 때처럼 '내 꿈은 대통령', '내 꿈은 과학자', 이런 느낌이 아니야. 그때는 장래희망이 정말 희망사항이었는데, 요즘 아이들은 무슨 계약서 쓰듯이 고민을 해.

미래에 대한 진지한 고민은 좋은데 방향이 조금 다른 거 같아 걱정이야. 꿈보다는 현실에 가까우니까. 하고 싶은 이유가 '돈'인 경우가 많아. 돈을 잘 벌 수 있기 때문에 하고 싶다는 거지. 돈이 물론 중요하긴 한데, 가끔은 장래희망을 고민하는 아이들이 이력서를 쓰고 있는 취업준비생처럼 보여서 걱정이야.

그래도 요즘은 아이가 원하는 것을 시켜주고 싶다는 학부모님이 많아. 하지만 아이들의 마음은 그게 또 아니야. 9급공무원이 4학년 짜리 장래희망이야. 그 흔한 연예인도 잘 없어. 그럴 수 없다는 것을 스스로가 잘 알거든. 이게 문제인 거 같아. 장래희망을 너무 구체적으로 파다 보니까 로망이 없어. 춤 잘 춘다는 소리 한 번 들었다고 댄스가수, 똑똑하다는 칭찬 듣고 박사님, 말 잘하면 선생님, 우리 반에서 달리기 잘하면 육상선수, 과학책 좋아하면 과학자, 낙서 잘하면 화가, 잘 울면 영화배우, 목소리 크면 가수. 아이들 꿈이 그냥 이랬으면 좋겠어.

매일같이 꿈이 바뀌면서 조금씩 찾아가기를 바라. '나 찾기'라는 활동이 자신의 가능성과 재능을 찾기보다는 안 되는 핑곗거리를 찾고 있어. 수많은 핑곗거리를 지나고 나면 공무원이 남는가 봐. 초등학생에게 20년 뒤의 자신의 직업을 고민하게 하는 것이 과연 무슨 의미가 있는지 진지하게 생각해보곤 해.

이력서를 한참을 고민하던 아이가 내게 물어.
"선생님은 꿈이 선생님이었어요?"
묵직하게 날아온 돌직구에 당황하지 않고 대답을 해주지.

"그럼요. 선생님은 꿈이 선생님이었어요. 그리고 농구선구였구요, 건축가였구요, 수의사였구요, 과학자였구요, 연예인이기도 했구요. 영화감독이기도 했어요. 참, 잠시 소설가이기도 했네요."

그러고 보니 엄마의 꿈은 무엇이었을까?
분명히 엄마의 꿈이 엄마는 아니었을 텐데 말이야

아픈 손가락 1

엄마, 오늘 나 충격적인 소리를 들었어. 아이들은 말이지, 정말 너무나 솔직해. 굳이 그렇게까지 안 해도 될 상황에서도 말이야. 그래서 오늘은 좀 속상해.

우리 반에 마음이 쓰이는 여자아이가 있어. 4학년임에도 성장이 빠른 편이야. 얼굴에는 여드름이 많이 났고. 사실 살이 많이 쪘어. 살이 접히는 데는 피부가 많이 상해 있었지. 아이가 성격이 세서 남자아이들이 놀리진 않았어. 다만 여자아이들도 함께 놀기 싫어했어. 피부나 체형보다 중요했던 건 아이의 위생상태였어. 늘 씻지 않아서 떡진 머리랑 며칠 빨지 않은 듯한 옷. 근처에 가면 좋은 냄새가 날 리 없었지.

4학년이라지만 여자아이니까. 그리고 나는 남자 선생님이니까. 행여 상처 받을까봐 엄청 조심스러웠어. 남자 녀석이면 내 옷이라도 입히고 한 번씩 샤워장에서 머리라도 감겨줄 텐데 말이야. 더 예민해질까 봐 말 한마디가 조심스럽더라. 그래서 고민하다가 집으로 전화를 드렸어. 잘 안 받으셨어. 며칠 만에 통화가 되었어. 전화상으로는 가정에 큰 문제가 있어 보이진 않았어.

부모는 예상했던 대답을 했어. "내가 좀 바쁘다, 아침에 늦게 일어나서 그렇다, 살이 쪄서 같은 옷만 입으려 한다, 이른 사춘기라 예민하다" 같은 말들. 내가 딸을 안 키워봐서, 여형제가 없어서 여자아이의 생활을 잘 모르겠어. 원래 그런 건가? 여하튼 정상적으로 보이지는 않아. 잘 씻고 옷만 잘 갈아입어도 아이들이 피하진 않을 텐데.

사실 준비물이나 가정통신문 회신도 잘 안 가져왔어. 전화가 잘 안 될 때면 문자를 보내기도 했지. 나름 최대한 예의 있게 꼭 필요할 때만 보내드렸어. 아이의 상태가 너무 안 좋을 때나 지각이 잦을 때, 필수 회신 서류가 있을 때. 물론 매번 답장이 오진 않았어.

아이와 나는 자주 이야기를 나눴어. 내가 해줄 수 있는 건 같이 시간이 날 때 말동무를 해주는 거였지. 함께 이야기를 나눠보면 어린아이 같지 않게 속도 깊고 생각도 많았어. 꿈도 확실했고 하고 싶은 것도 많았어. 친구들의 무관심에 속상해하긴 했지만 친구들을 비난하거나 자기 외모를 원망하진 않더라. 그래도 마음은 안 그런지 종종 눈물을 흘릴 때면 정말 안타까웠어. 정말 아까운 아이였어.

그러다 하루는 아이가 내게 말을 했어.

"엄마가 선생님 귀찮대요. 이런 것 좀 안 보내면 좋겠대요."

전날 내가 문자를 보냈는데, 뭐라고 보냈더라? 바빠서 답장이 없는 줄 알았는데, 그냥 귀찮아서였나 싶었어. 내가 여태 뭘 한 걸까? 아니야, 어쩌면 아이가 내가 엄마한테 문자 보내는 거 알고 일부러 거짓말을 했을지도 몰라.

하…… 결국 일 년 동안 아이의 부모와 제대로 된 연락을 주고받지도, 얼굴 보고 이야기해보지도 못했어. 학부모 상담주간에는 신청을 안 하셨고, 개별로 연락드릴 때마다 바쁘다며 피하셨어. 이런 상황에서 내가 뭘 더 할 수 있었을까?

엄마 나 속상해. 내가 뭐가 속상한지 왜 속상한지 정확히 모르겠어.

근데 속상해.

아픈 손가락 2

 전에 내가 많이 속상해하던 여자아이 기억나? 학부모가 나 귀찮다고 했다던 아이. 그 아이가 2년이 지나 6학년이 되었고, 다시 나와 만나게 되었어. 우리 반은 아니고 옆 반.

 "요즘에는 옷도 깨끗이 입고 다녀. 살은 빠지지 않았지만 그래도 웃음은 되찾은 거 같아"라는 소식을 전하면 얼마나 좋을까. 2년이 지나 만난 아이는 마음의 문이 굳게 닫혀 있었어. 2년 전보다 덩치는 더 커졌고 피부는 더 안 좋아졌어. 목과 팔은 검게 변해 있었고, 냉장고 바지와 파란 후드 집업은 트레이드마크가 되어 있었어.

 아이가 살이 쪘다는 건 외모를 평가하는 말은 아니야. 선생님으로서 아이들을 많이 만나다 보면 건강하게 살찐 아이와 그렇지 않은 아이들이 보여. 통통해도 에너지가 느껴지는 아이들이 있거든. 당연히 겉모습보다 더 중요한 건 마음이지. 아무튼 사춘기가 되어서 그런가 아이는 더 예민하고 공격적으로 변해 있었어. 다른 아이들과도 놀지 않으려 하고 자신만의 세계에 빠져 있었지.

 잦은 지각은 결국 무단결석까지 이어졌어. 늦잠을 잤다고는 하는데 사실 학교가 오기 싫었대. 종종 오빠랑 싸웠다고 입술이 터져서 와. 맞아. 애한테 오빠가 있었어. 오빠는 이 아이가 자기 동생인 걸 너무나도 싫어했었어. 그러는 동안 담임선생님은 뭐했냐고 할지도 모르겠다. 변명처럼 느껴지겠지만, 한 해 동안 담임교사가 눈에 띄는 변화를 줄 수 있는 아이가 몇이나 될까. 나도 학창 시절 내 삶을 변화시켜준 선생님을 떠올려보면 한두 분 정도가 전부야. 그렇다고 나머지 선생님들이 나쁜 선생님은 아니잖아.

그나마 여자 선생님을 만나 조금 다행이라고 생각했어. 그 선생님도 아이를 안아주고자 아등바등하셨어. 그럼에도 아이는 지쳐버린 듯했어. 친한 친구들도 없고, 공부는 그럭저럭 하지만 잘하는 것은 또 없고, 다른 친구들처럼 예쁘게 꾸미고 싶지만 그러지도 못하고. 결국 뭘 해도 안 될 것만 같은 기분에 젖은 듯했어. 그런 걸 우리는 '학습된 무기력'이라고 해. 나쁜 경험이 누적되면서 자신감을 잃어가는 거지. 자신감을 잃어갈수록 용기 내어 좋은 경험을 하기도 어려워져. 악순환이 되는 거야. 언젠가는 누군가 그 고리를 끊어줘야 할 텐데, 쉽지가 않아.

알아. 말하면서 나도 변명 같다고 느껴져. 맞아. 내 잘못인 거 같아. 아내가 그러더라. 2년 전에 그 아이 때문에 힘들어 했을 때 말이야.

"그럴수록 더 잘해줘. 집에서도 소외 받고 학교 와서도 친구들한테 미움받는데 선생님까지 그러면 안 되잖아."

그때 내가 그 아이 부모님이 막았더라도 끝까지 노력했어야 했었나 봐.

후회가 돼. 조금이라도 더 어리고 상처가 덜 깊었을 때 마음에 약이라도 좀 더 발라줄걸. 기름져 떡진 머리였어도 한 번 더 쓰다듬어주고, 한 번 더 눈 맞춰주고, 한 번 더 웃어줬어야 했어. 열 손가락 물어서 안 아픈 손가락 없다지만, 선생님에게 더 아픈 손가락이 있어.

엄마, 나는 그렇게 매년 아픈 손가락이 늘어나.

아픈 손가락 3

얼마 전 졸업한 그 아이의 소식을 들었어. 더 아팠던 손가락 말이야. 다행히 잘 지내고 있대. 중학교 가서 처음에는 많이 힘들어했는데, 전문치료도 받고 감사하게도 친구들과 서로 마음을 열어서 종종 어울린대.

언젠가 회의가 있어 그 아이의 중학교에 간 적이 있어. 그런데 누군가 복도에서 말을 걸며 다가왔어.

"선생님, 여기서 뭐해요?"

맞아. 그 아이였어. 단발이 아니고 '보이 컷'인가? 잘 모르겠다. 아무튼 나처럼 머리를 짧게 깎은 아이는 잘 닦지 않아 뿌연 동그란 안경알 뒤로 멋쩍게 웃고 있었어. 아직 그 둔한 모습은 여전하지만 그런 건 이제 중요하지 않아. 종종 어떻게 지내나 걱정되고 궁금하고 마음 앓이를 했었는데, 너무 감사했어. 시간이 지나서 그런 건지, 아이가 철이 든 건지, 좋은 친구를 만난 건지, 부모님과 사이가 좋아진 건지, 나보다 더 좋은 선생님을 만난 건지, 무엇이 아이의 웃음을 되찾아준 건지 모르겠지만, 그게 뭣이 중허겠어. 참, 다행이야 그치?

원로교사

엄마는 언제까지 직장에 다닐 거야? 엄마 회사에서 엄마가 나이가 가장 많다는 이야기를 들었는데, 다른 분들이 잘 대해주시나 갑자기 궁금해지네.

꼬꼬마 선생님이던 시절이었어. 열정만 가득 찬 내가 불안하셨는지 왼쪽 교실에는 부장선생님이, 오른쪽 교실에는 원로선생님이 계셨어. 원로교사는 정년을 몇 년 앞둔 평교사 선생님을 부르는 말이야. 할아버지, 할머니 선생님이라고 생각하면 쉬울 수도 있어. 덕분에 궁금한 것이 생겼을 때 옆 반으로 쪼르르 달려가서 도움을 받곤 했지.

초등학교 현장에서는 힘을 쓰는 일이 그리 많지 않으니까 연세가 있어도 교육력에는 크게 문제가 없어. 물론 아이들하고 생활하기에 젊은 사람보다 체력은 부족하겠지만 그분들은 그만큼 체력을 효율적으로 쓸 수 있는 노하우가 있으셔. 새로운 기술이나 독특한 아이디어는 부족할지 몰라도 오랜 경험에서 나오는 교육력은 오히려 아이들에게 더 큰 영향을 주곤 해.

우리 옆 반 선생님은 할아버지 선생님이셨어. 1학년 담임선생님이셨는데 정년이 2년 남았어. 적은 머리숱에 볼록 나온 배, 걸걸한 목소리, 호탕한 웃음을 지닌 그분의 교실에는 항상 아이들의 웃음소리가 끊이지 않았어. 하루에도 몇 번씩 천국과 지옥을 오고가는 우리 반과는 달랐지. 산타할아버지라도 만난 듯 아이들이 따르는 것을 보면서 너무 부러웠어.

그렇게 우리 둘의 공생은 시작되었어. 나는 옆 반 선생님의 컴퓨터 관련 업무를 도와드렸고, 옆 반 선생님은 나의 피난처이자 안식처가 되어주었지. 달력만 봐도 오늘 우리 교실에 무슨 일이 있었는지, 내 얼굴만 봐도 아이들과 어떤 일이 있었는지 먼저 알아봐주셨어. 내가 "힘들다"고 투덜대자 "40년이 된 나도 힘들어"라고 웃으며 받아주시기도 했어. 그런 선생님이 정말 감사했어.

어느 날 옆 반 교실을 지나다가 무심결에 안을 들여다보았어. 그 교실 안에서는 모니터를 뚫어지게 보시는 선생님의 모습이 보였어. 잘 보이지 않은지 몸을 앞으로 갔다 뒤로 갔다 하며 키보드를 하나씩 두드리고 계셨어. 매번 나에게 부탁하셨던 게 마음에 걸리셨나봐. 그냥 지나칠 수 없어서 교실 안으로 들어갔어. 무엇을 하시냐고 여쭸더니, 역시나 컴퓨터를 혼자서 한번 해보려고 하셨대. 내가 하면 5분도 안 걸릴 일인데……

자리를 내어 주신 선생님께서는 컴퓨터를 능숙하게 다루는 내 모습을 빤히 보셨어. 그러다가 나지막하게 웃으며 한 말씀을 남기셨어.

"선생님 보니까 이제 나는 그만해야겠어. 쓸모가 없어. 허허허."

10년이 더 지났지만 선생님의 이 말씀이 떠나질 않아. 당시에는 무슨 소리냐고 웃으면서 넘겼지만, 선생님의 웃음 뒤 씁쓸한 표정이 나는 너무 속상했어. 컴퓨터를 잘 다루지 못해도, 운동장에서 아이들과 뛰어다니지 않아도, 회의 시간에 아이디어가 샘솟지 않아도 나보다 훨씬 더 좋은 선생님이신데 말이야.

컴퓨터보다 더 정확하게 아이들의 마음을 한눈에 알아챌 수 있고, 아이들과 뛰진 못해도 아이들을 뛰게 할 수 있고, 창의적인 아이디어는 아니더라도 교육활동을 현명하게 예측할 수 있는 선생님이신데 말이야. 그런 원로선생님들의 능력이 학교에서는 더 필요해.

그날 이후 나는 원로선생님들과 더 가깝게 지내려 노력하고 있어. 사실 내가 더 도움을 받고 있어. 그분들의 경험, 어디서도 살 수 없는 그 경험을 받아먹고 있지. 나는 그것을 부지런히 받아먹으려고 해. 그리고 원로선생님들께서 한낱 전자제품 앞에서 더 이상 속상해하시지 않도록 도와드리고 싶어.

엄마는 회사에서 어때? 아직 일할 만해?

비수

엄마, 어렸을 때는 몰랐는데 애 키우는 게 만만치 않네. 엄마 아빠는 우리를 어떻게 키웠나 싶어.

하아, 어디서부터 이야기를 해야 하나. 너무 속상해서 정말 뒤집어버리고 싶어. 어제까지는 '속깊다'라는 말을 나는 '마음이 넓다'로만 생각했었어. 오늘 생각해보니 그게 아니더라. 사람의 날이 선 말 한마디가 두 뼘도 채 안 되는 가슴에 왜 이리 깊이 박히는지 모르겠어. 너무 깊이 박혀 꺼내어버릴 수나 있으려나. 차라리 속이 얕았으면 이리 깊게 박히지도 않았을 거 같아.

오늘 공개수업자를 뽑았어. 정규 수업공개가 아니라 관련교사 다섯 명 중에 한 명이 대표수업을 해야 하는 상황이었어. 인근 학교 몇 분의 선생님들을 모시고 토요일에 수업을 보여드려야 했어. 부담스럽기는 하지만 그리 어려운 일은 아니라 생각했어. 단, 아무 인센티브도 없는 수업이었어. 그래서인지 서로 눈치 보기 시작했어. 물론 나도 마찬가지였지.

약속이라도 한 듯 각자 변명을 늘어놓기 시작했어. 그리고 그 변명을 정당화라도 하려는 듯 다른 사람을 추천했지. 못하는 이유는 구차했고 추천하는 이유는 거창했어. 예상했다시피 추천받은 사람은 나였어.

인정받아 좋은 거 아니냐고 할 수도 있겠다. 하지만 그런 식으로 올해 두 번의 공개수업이 더 계획되어 있었어. 모두가 하는 거 말고 나만 해야 하는 일이지. 사람들이 나를 그렇게 좋게 봐 주는지 몰랐네. 너무 약이 올랐어. 그냥 그런 사람들의 태도에 화가 났어. 일 년에 천 번도 넘게 하는 수업, 한 번 공개하는 건 어렵지 않아. 근데 그런 당연하다는 반응이 너무 속상했어.

내가 남자라서 그랬을까. 상대적으로 젊어서 그랬을까. 공개 경험이 많아서 그랬을까. 아무리 생각해도 모르겠어. 그냥 본인들이 하기 싫었다고밖에 안 느껴졌어. 그래서 나도 못 한다고 했어.

"나는 공개하기로 한 다른 수업이 있어요."

그러니까 또 나보고 하래. 능력 있는 거니까.

"그날 아이랑 약속이 있습니다."

구차했나? 그냥 예스맨이 될 걸 그랬나?

내 말이 끝나자마자 한 분이 이렇게 말씀하셨어.

"너만 애 키워?"

하아, 생각할수록 화가 난다. 부장이라 못해? 나도 부장이었어. 애들이 고등학생이라? 우리 애는 돌도 안 지났어. 수업을 잘 못해서? 자랑이다. 이런 수업 공개를 안 해봐서? 나도 안 해봤어요.

그걸 떠나서 본인도 애를 키우면서 직장일 했으면서 어떻게 나한테 그런 말을 했을까? 너무 화가 나. 뻔히 애가 어린 것도 알고 힘들어하는 것도 아는 사람이 그랬어. 그래, 나만 애 키우는 건 아니지. 그러니까 서로 조금 이해해주면 안 되나? 차라리 한 번만 더 수고해달라고 했으면 못 이기는 척했을 텐데.

내 약점 말하면 더 물어뜯길까 봐 말을 안 했어. 아이가 아프다고, 아토피가 심해서 아이는 힘들어 하고, 매일 곁에서 지켜보며 마음 아파해야 했던 아이 엄마, 엄마 며느리, 장모님 귀한 딸, 내 사랑하는 사람 주말이라도 조금 쉬게 해주고 싶을 뿐이라고. 그게 그렇게 욕심은 아닐 텐데. 아니지. 내가 솔직하게 이야기했더라면 달라졌을까? 아니야. 오히려 이런 이야기까지 했다가 "너만 애 키우냐"는 소리를 들었다면 나는 무너졌을지도 몰라.

그래. 나처럼 나머지 사람들도 피치 못할 사정이 있었겠지. 그냥 그렇게 생각할래. 하지만 백번을 양보해도 "너만 애 키우냐"는 소리는 하면 안 되는 거였어.

엄마, 나는 어쩔 수 없이 그 한마디 말을 뼈에 아로새겼어. 난 그 나이가 되어도, 그런 상황이 되어도 애기 엄마 애기 아빠한테 절대로 그런 말은 안 할 거야.

무심코 뱉은 말이 비수가 되어 사람의 마음을 무너뜨릴 수 있음을 깨달았으니 나 역시 아이들에게 세 번 네 번 곱씹어 말을 해야겠어. 나만 애 키우는 건 아니야. 하지만 내 새끼는 나만 키우는 건 맞잖아? 갑자기 엄마나 아빠도 우리 키울 때 이런 상처를 받아봤을까 생각해보게 돼. 그랬다면 고맙고 미안해. 행여 없었다면 참 다행이다.

멍든 날

엄마, 기억나? 나 어릴 때 등에 숨겨둔 멍자국 엄마한테 들킨 거. 난 장난치다 그런 건데 엄마는 맞아서 생긴 걸 한눈에 알아봤잖아. 그거 진짜 인디언밥 놀이하다가 벌칙으로 세게 맞아서 그런 거였어. 그래도 맞긴 맞은 거네. 그때 나 엄마가 엄청 신기했는데, 오늘 내가 학교에서 그런 멍을 보았어.

여름이 시작할 무렵 한 아이가 전학 왔어. 통통한 남자아이. 첫인상에서 특이한 점은 느끼지 못했어. 장난이 심하지도 않았고 말이 많지도 않았어. 그래도 친구들과 나누는 말 속에서 날카로움이 조금 느껴졌어. 견제하는 건지 방어기제가 종종 보였어. 전학 왔으니 조금 적응할 여유가 필요하겠거니 싶었지.

아이는 안타깝게도 시간이 흘러도 적응하지 못했어. 친구를 만들지 못했어. 아이들과 다투는 게 일상이었어. 아무도 아이와 짝꿍이 되고 싶어 하지 않았지. 싸움은 항상 주고받는 말에서 시작되었어. 아이는 거친 욕을 하기보다는 날 선 말을 많이 했어. 비꼬는 말이나 인신공격 같은 것들. 싸울 만한 일이 전혀 아님에도 굳이 다툼으로 번져갔어.

아이와 상담을 해보고, 같이 시간도 보내보고, 다른 친구들의 이야기도 들어봤지만 해결 방법을 찾지 못했어. 미운 말하지 않겠다는 아이의 다짐은 한 시간도 채 가지 못해서 무너져버렸어. 전학 와서 텃세를 느끼는 탓일까 다른 친구들의 호의마저도 경계하는 모습이었지.

아이는 똘똘했어. 운동신경이 부족한 건지, 교우관계가 부족한 건지 체육시간에는 늘 주눅 들어 있었지만, 다른 과목은 공부를 곧잘 했어. 나한테는 모나게 행동하지도 않았어. 항상 예의바르고 귀여운 행동만 했지. 이러지도 저러지도 못한 채 시간만 흘러갔어. 그럴수록 아이는 다른 친구들에게 밉상이 되어갔고, 나는 그런 상황이 익숙해지기 시작했어. 시간이 약이라는 아주 고전적인 핑계를 위안 삼았지.

어느 날, 어김없이 아침이 찾아왔고 지각이 잦던 아이의 자리는 비어 있었어. 오늘은 한번 혼내야 하나 고민하던 찰나 아이가 교실로 들어왔고 아이 얼굴에는 까만 멍자국이 있었어. 파란색이 아니라 까만색. 얼굴 왜 그러냐는 나의 말에 아이는 그냥 다쳤다고 대답을 해. 심상치 않은 흔적이라 그냥 지나갈 수 없었어.

아이를 잠시 연구실로 데려왔어. 다른 아이들이 신경 쓰였거든. 가까이에서 아이의 얼굴을 보니 더 속상했어. 혹시나 하는 마음에 아이에게 양해를 구하고 등이나 다리를 훑어보았어. 역시나 상처들이 보였어. 어른의 손자국이 확실해 보였어. 아이를 교실로 보내고,

바로 아이의 엄마한테 전화를 했어. 그리고 더 속상한 이야기를 들었어. 새아버지가 아이를 훈육하는 과정에서 체벌을 했다는 거야. 아직 마음으로 '아빠'로 받아들이지 못한 아이와 기다려주기에는 너무 조급했던 새아버지 사이에 일어난 비극이야. 매라는 게 처음 한 번이 어렵지 두 번 세 번 늘어나고 더 심해지는 건 시간문제야.

조심스레 내가 도와줄 일이 없냐고 물었어. 아이 엄마는 그냥 기다려달라고 하셨어. 또다시 이별의 아픔을 아이에게 주고 싶지 않다고 사정하셨어. 난 어쩔 수 없었어. 혹시 몰라 아이의 상처를 사진으로 남겨두고, 또 이런 일이 있으면 꼭 필요한 조치를 하자고 아이의 엄마와 약속했어.

다행히 그런 일은 일어나지 않았지. 여름보다 먼저 아이가 전학을 가버렸거든. 그것도 갑자기. 다음 날 전학가야 한다는 아이 엄마의 연락을 받고 안쓰러운 마음에 시계 선물과 급하게 써내려간 편지를 준비했는데 주지도 못했어. 아침에 들러서 짐이라도 챙겨갈 줄 알았는데, 아이는 그렇게 훌쩍 떠나버렸어.

십 년도 더 지난 일이야. 지금의 나라면 어땠을까. 아이의 눈에서 '불안'이라는 단어를 읽을 수 있을까. 그때는 아이의 경계심의 원인이 다른 곳에 있다는 것을 미련하게도 알지 못했어. 그리고 아이가 멍이 들어서 온 그날, 아이를 그렇게 보내지 말았어야 했을까.

최근에는 법이 개정되어 아동학대가 의심된다면 교사는 의무적으로 신고를 하게 되어 있어. 그러지 않으면 내가 방관 죄를 받을 수 있어. 그 시절 그 아이 엄마의 부탁에도 기관에 도움을 요청했다면 상황은 어찌 되었을까. 잘 모르겠어.

이후 많은 것을 배웠어. 아이의 문제 원인이 교실 안에서만 존재하지 않는다는 것을 깨달았어. 선생님은 아이 삶의 두 번째 부모로서 더 깊고 작은 것을 볼 줄 알아야 하나 봐.

그 아이는 이제 성인이 되었겠다. 대학은 갔으려나? 군대에 갔으려나? 여자 친구는 사귀어 봤으려나 궁금하다. 마음속 상처는 잊히지 않겠지만 그래도 좋은 사람들 만나서 잘 성장했겠지? 그랬으면 좋겠다. 정말.

생존자

엄마, 오늘은 사춘기도 아닌데 죽음에 대해 생각해보았어. 사후 세계가 궁금한 게 아니라, 내가 없어지고 난 뒤 남은 세계를 그려봤어. 생각만 해도 너무 슬프다.

오전에 결재 받을 게 있어서 교장선생님께 갔어. 평소에 그러시는 분이 아닌데 티브이를 보고 계셨어. 내 계획서를 받고도 눈은 티브이로 가 있었지. 나도 궁금해 티브이를 쳐다보았어. 화면 속에는 커다란 배 한 척이 옆으로 누워 있었어. 왼쪽은 흰색, 오른쪽은 파란색. 그리고 주변에 배들이 뱅글뱅글 돌고 있었고 헬기 소리도 들려왔어.

순간 속보라면서 '전원 구출'이라는 자막이 크게 나왔어. 뉴스 앵커의 "다행이네요"라는 말이 우리의 정적을 깼어. 교장선생님은 안도의 의미인지 한탄의 의미인지 모를 한숨을 내쉬더니 내 계획서를 봐 주셨어.

맞아. 그날은 2014년 4월 16일이었어. 퇴근 무렵 다시 찾아본 뉴스는 오전에 교장실에서 본 뉴스와는 너무 달랐어. 믿을 수 없다는 말이 실감 났어. 오전에 다 구출했다고 했는데…… 이후 구출 작

업? 아니, 수색 작업의 소식들은 마음을 몹시 아리게 했어. 그 마음
이 분노인지 슬픔인지 혼란스러웠지.

며칠 뒤 "혼자 살기엔 벅차다. 책임을 지게 해달라. 시신을 찾지
못하는 녀석들과 함께 저승에서도 선생을 할까?"라는 말을 남기고
떠나신, 그 학교 교감선생님의 소식을 들었어. 마음이 무거워 눈을
감아버릴 수밖에 없었어. 그 교감선생님은 그 배에 탄 선생님들 중
에서 유일한 생존자였어. 열 명의 아이를 구하고 탈출하셨지만 죄
책감을 이기지 못해 학교 뒤편에서 스스로 아이들 곁으로 떠났대.

세월호에서 유일하게 생존하지 못한 집단이 선생님이래. 모두들
아이들을 구출하러 되돌아갔어. 선장도 승무원도 도망간 그 물길
속으로 말이야.

엄마, 엄마도 소식 들었지? 엄마는 누굴 생각했어? 만약에 내가
저런 현장에 있게 된다면 나는 어떻게 해야 할까? 내가 어찌 될지
모를 상황에 아이들을 살리러 뛰어들게 될까? 나도 처자식이 있기
에 내 몸을 사리게 될까? 남들이 진실규명과 미수습자 발견을 외칠
때 사실 나는 다른 생각을 했었어. 나라면 어떻게 했을까. 생각할수
록 가슴이 저려오지만 내게 일어나지 않으리라는 보장이 없으니 몇
번을 생각해봤어.

미안해 엄마. 엄마 아빠의 슬픈 모습이 눈에 선하지만, 엄마 며
느리와 엄마 손주들이 목 터져라 가지 말라 외치겠지만, 나도 어쩔
수 없을 거 같아.

11-11-11

이 일도 오래 하니까 남는 게 있네. 뭐, 전리품처럼 아이들 이름이 하나씩 기억에 남아. 어버이날이 지날 때쯤이면 선생님의 기다림이 시작돼. 시골에 홀로 계신 할머니마냥. 그날 스승의 날에도 제자에게 연락이 왔어.

오월은 참 바빠. 가정의 달이라 어버이날과 어린이날도 있고, 엄마 생일에 아빠 생일도 있지. 그 가운데 스승의 날도 있어. 오래전 졸업해 고3이 된 아이들은 그 무렵 '수시'가 시작되나 봐. 벌써부터 진로가 결정된 아이들의 연락을 종종 받고는 해. 예상했던 길을 가는 아이도 있고, 전혀 예상치 못한 길을 가는 아이도 있고. 어쨌든 좋은 소식을 들으면 제법 뿌듯해.

그날은 친구들과 카페에서 커피를 마시고 있었어. 아홉 시 넘어서까지 시답잖은 이야기에 열을 내고 있었어. 주로 학교 이야기야. 사는 건 다 비슷비슷하나 봐. 입에 단내가 날 때쯤 문자 수신음이 울렸어.

　－선생님 승욱입니다. 혹시 민기 기억나세요?

수년 전 제자의 메시지였어. 두 녀석 다 워낙 착하고 운동 잘하고 이뻤던 아이라 기억이 안 날 수가 없었지. 아이 답지 않게 행실도 아주 듬직했거든. 특히 운동신경이 남달라 당연히 운동 쪽으로 진로를 잡았나 기대했어. 반가운 마음에 답문을 보내자 곧 다시 문자가 왔어. 예상 밖 소식이었어. 정말 믿을 수가 없었지. 승우의 소식은 다름 아닌 부고였던 거야. 맞아. 제자가 나보다 먼저 세상을 떠나버린 거야.

스스로 선택한 길이라 장례식도 하지 않나 봐. 왜 그랬는지 차마 물을 수도 없었어. 그저 내가 전해들은 것은 장지뿐이었어. 다음 날 공원묘지로 간다는 거, 우리 집에서 가까운 곳이었다는 거, 그리고 익숙하지만 눈에 안 들어오는 숫자 조합. 대학생 학번이 아닌 묘비 번호였어.

사실 중학교 간 이후로 따로 만나거나 연락한 적도 없었어. 한 살 아래 동생의 졸업식 때 마주쳐 인사를 나눈 게 전부였어. 그런데 부고라니. 이런 일이 처음이라 어쩔 줄 모르겠더라. 고3인 아이는 무엇이 그렇게 힘들었을까. 내가 손 내밀어주지 못했다는 자책감이 들었어. 내가 조금 더 관심 갖고 살갑게 대했더라면 힘이 들 때 한 번쯤 연락하지 않았을까. 나한테 징징거리고 투덜거리면, 내가 받아주며 위로하지 않았을까. 그런 생각이 떠나질 않았어.

집에 돌아와 졸업앨범을 열어봤어. 창고 깊숙이 처박혀 있던 학생 파일도 꺼내어 봤어. 수년 전이지만 생생히 떠올랐어. 우리 반에서 가장 약한 아이의 옆을 지켜줬던 아이, 꼿꼿한 머리에 늘 젤을 바르던 멋쟁이 아이, 수학여행 때 정신없던 내 가방을 슬쩍 들어 주던 아이. 그리고 아이가 학기 초에 쓴 편지가 눈에 띄었어.

　-저는 공부를 못해요 축구가 좋아요 같이 축구해줘요.

　함께 찍은 사진 속에서도 아이는 씩씩하게 웃고 있었어.

　다음 날 학교에서 조퇴를 하고 공원묘지로 갔어. 꽃 대신 캐러멜이랑 막대사탕 하나를 챙겼어. 나에게는 열세 살 모습으로 남아 있으니까. 그 시절 가장 좋아했던 것이 생각나서. 어떤 어려운 심부름도 캐러멜 하나에 웃으며 다 했던 아이였어.

　11 - 11 - 11. 11 구역(가칭), 11번째 줄, 11번째 묘비라는 뜻이야. 다른 아이들 같았으면 학번이 생길 나이였을 텐데. 아이의 묘비를 보자 참았던 눈물이 미친 듯이 쏟아졌어. 정말 앞이 잘 안 보일 정도로 눈물이 나왔어. 절을 해야 하는 건지 하면 안 되는 건지 몰라서 울다 그냥 옆에 앉았어. 제자의 묘에 가는 일이 흔하진 않을 테니 물어볼 데도 없었어. 주변을 둘러보니 다른 묘비 주변은 다 말라 있는데 아이의 것만 젖어 있었어.

　아직 흙도 마르지 않은 곳에 내 눈물이 더해졌어. 늦봄의 대낮인데도 묘비는 너무 차가웠어. 데워질 때까지 내 손으로 한없이 쓰다듬었어. 불어오는 바람을 타고 오는 먼지 한 톨도 허락하고 싶지 않았어. 문득 양옆 묘비를 보니 다 할아버지, 할머니더라. 그제야 내가 할 일이 생각났어. 나는 주변 묘비에 절을 올렸어. 잘 좀 부탁드린다고. 심부름도 잘하고 인사도 잘하는 착한 아이니까 민기를 좀 잘 챙겨달라고 부탁드렸어. 하도 울어 머리가 어지러울 때쯤 저쪽에서 교복 입은 한 무리가 다가왔어. 고등학교 친구였나 봐. 나는 마주치지 않게 차로 돌아왔어.

멀리 그 아이들의 모습이 보였어.

'자식, 그래도 잘 살았구나. 이렇게 멀리까지 친구들이 와주니.'

너무나 고마워서 집까지 데려다주고 싶었어. 한참 그곳을 보다 보니 문득 아이의 편지가 떠올랐어.

'이 녀석 축구가 그리도 좋다더니 이렇게 넓은 잔디밭에 있네. 다행인 건가?'

엄마. 나 이제부터라도 좋은 선생님 해보려고. 그래서 아이들이 어른이 되는 과정에서 부모님도 싫고 친구도 싫을 때 행여 아무도 자기를 기억해주지 않는다는 나쁜 생각이 들 때, 혹시나 하는 마음에 한번 연락해볼 수 있는 그런 선생님이 되어볼까 해. 선생님이 된 지 10년이 넘어서야 이런 다짐을 하네.

그냥 선생님

엄마, 난 뭘 잘하는 선생님일까.

학교에는 다양한 선생님들이 있어. 매년 새로운 선생님들과 만나게 되는데, 그럴 때마다 정말 대단한 사람들이 많구나 느껴. 요즘에는 인터넷이 발달돼서 다른 지역에 있는 선생님들의 멋진 활약들도 쉽게 접할 수 있어. 그럴 때마다 부럽고 존경스러우면서 한편으로 나는 뭘까 생각을 해봐.

난 그냥 선생님. 아니면 남자 선생님쯤 되겠다. 글을 잘 써서 작가가 된 선생님, 영상을 잘 만드는 크리에이터 선생님, 연극을 잘하는 선생님, 그림을 잘 그리는 선생님. 솔직히 부러울 때가 있어. 그 부러움은 내 무능함을 일깨우기도 해.

선생님은 학생들을 잘 가르치는 게 기본이지. 맞아. 가장 중요하고 가장 신경 써야 할 일이야. 그래서 그건 기본인 거야. 기본을 하는 것만으로도 충분히 힘들고 벅찬 것도 사실이야. 그런데 학교도 점점 경쟁의 흐름을 함께하면서 변하고 있어. 학부모님들의 평가도 무시 못 해.

좋은 선생님, 착한 선생님의 시절이 점점 떠나가는 것 같아. 그 것은 당연한 것이지. 학생들의 성향이 각각 다르니까 모두에게 좋을 수도, 착할 수도 없는 게 현실이야. 보편적인 길 속에서 최대한의 행복을 외치면서 아이들에게 개별적인 서비스를 해줘야 해.

우린 공교육이니까 반강제로 맺어진 인연이야. 서로의 선호에 따른 선택이 아니면서 일 년이라는 시간이 정해져 있으니, 다른 서비스직과는 비교가 어렵긴 해. 이런 상황에서 '착한 선생님', '아이들이 좋아하는 선생님', '공부 잘 가르치는 선생님'은 기본이고, 옵션이 요구되고 있어.

교사는 내부적으로 유난히 경쟁이 적은 직종이지. 그래서 나태하고 게으르게 보는 시선도 느껴. 철밥통이라는 말 듣기 싫지만 인정할 수밖에 없기도 해. 다른 직종에 비하면 치열함은 부족한 게 사실이야. 근데 변명은 하고 싶어. 선생님 간의 치열한 경쟁구도가 학교의 발전이나 아이들의 더 큰 성장을 가져올 수 있을까.

어쩌면 초등학교 아이들에게 좋은 선생님은 '그냥 선생님'일지 몰라. 한정된 자신의 에너지를 아이들에게 가장 많이 쏟을 수 있는 그냥 선생님. 물론 능력이 많은 분들이 아이들을 내팽개친다는 의미는 아니야. 조금 바빠도 아이들에게 더 많은 것을 가르칠 수 있지. 중요한 건 능력자 선생님도 그냥 선생님도 모두 아이들에게 꼭 필요하다는 거야.

아이들이 기억하는 건 뭘 잘했던 선생님이 아니라, 그냥 우리 반 선생님이니까.

엄마, 세상에는 나처럼 아직 그냥 선생님들이 많아. 그저 선생님이 특기고 재능인, 선생님을 제일 잘하는 선생님. 나 무능한 사람 아닌 거 맞지?

아니라면, 지금 당장 학원이라도 다녀야겠다. 궁금하다. 교실 밖에서는 나라는 선생님 앞에 어떤 수식어가 붙을까?

나도 선생님이 있다

엄마, 나 오늘 울었어.

SNS를 보다가 우연히 익숙한 얼굴을 발견했어. 유난히 작은 키에 빛바랜 정장, 기름진 머리에도 사람 좋은 미소를 띠고 있는 고등학교 은사님의 사진이 올라왔어. 아마 다른 제자들의 SNS가 나한테 보인 거 같아. 이름도 모르는 고등학생이었어. 스승의 날도 아닌데 무슨 일인가 싶었지.

글을 열어 보고 충격을 받았어. 돌아가신 선생님을 추모하는 글이었어. 놀란 마음에 그 친구에게 메시지를 보내봤어. 본인도 졸업생이라 왜 돌아가셨는지, 어디에서 쉬시는지 모르겠다고 하대. 그리고 선생님께서 평소에 내 이야기를 많이 했다는 말을 덧붙였어. 맞아. 우리 선생님은 수업 시간 절반을 제자들의 이야기로 채워가셨지. 나도 그 주인공 중 한 명이었구나.

졸업하고 두어 번 찾아뵌 게 전부였어. 나중에 찾아뵈어야지, 퇴직하실 때 찾아뵈어야지 생각만 하다가 결국 마지막 가시는 길도 보지 못했네. 예전 명절에 우연히 휴게소에서 마주쳤던 모습이 선생님을 뵌 마지막 모습이야. 그때까지만 해도 여전히 건강하고 밝아 보이셨는데, 그게 마지막일 줄은 몰랐어. 하긴 벌써 10년도 더 된 이야기야.

소식을 접하고 마음이 무거웠어. 새벽녘에 나가 선생님 좋아하시던 담배 한 갑과 소주 한 병을 샀어. 한적한 공원 벤치에 평소에 그리 좋아하시던 담배에 불을 붙이고, 그 앞에 소주 한잔 따라 드렸어. 생각해보니 맨날 "소주 한잔 하시죠"라고 말로만 했네. 안주는 뭐를 좋아하시는지도 모르겠다. 그냥 그렇게 소주잔 위에서 타들어가는 담배를 보면서 옛 생각에 잠겼어.

주말도 없이 학교에 나와서 공부하라 잔소리해주시고, 공부할 때는 잘 먹어야 된다며 고기도 삶아주시고, 졸업하고 나서는 선생님 하기 아깝다며 당장 공부 다시 시작하라며 야단을 치시던 선생님, 아이들 때문에 힘들다고 전화하면 오히려 더 채찍질을 해주셨던 선생님…….

선생님은 내가 선생님이 될 수 있게 해준 은인이야. 선생님으로서 자부심을 갖고 살게 해주신 은인이야. 더 잘해드리고 싶었는데, 더 멋진 선생님이 되는 모습을 보여드리고 싶었는데, 이렇게 말없이 가실 줄은 몰랐어. 지금도 껄껄껄 웃으며 "봐라 선생하기 힘들제? 내 안 카드나?" 하고 놀리실 것만 같아.

타들어가는 담배 연기를 따라 하늘을 보니 오늘따라 별이 많네. 눈물이 어른거려 별들이 더 반짝이는 듯했어. 선생님의 은혜에 보답할 수 있는 길은 나도 선생님처럼 아이들 성장에 작은 주춧돌이 되어주는 사람이 되는 거겠지?

"사람 마음을 얄팍하게 얻을 생각을 하지 마라. 시간도 쓰고, 돈도 쓰고, 힘도 쓰고, 마음도 쓰고, 니 가진 거 다 써도 얻을 수 있을까 싶은 게 사람 마음이다."

선생님의 이 말씀을 다시 아로새겨봐.

'선생님, 저 먼 곳에서는 부디 편히 쉬세요. 좋아하는 담배 걱정 없이 실컷 피우시고, 즐겨하던 바둑 원 없이 두시면서 제자들 멋지게 성장하는 거 보며 더 행복하시길 바랍니다.'

이렇게 그리워지는 선생님이 있다는 건 정말 행복한 일인 것 같아. 나도 아이들에게 '그리운 선생님'으로 기억되도록 살아갈래. 그게 선생님의 은혜에 대한 도리인 것 같아.

4장

그래도
선생이라
행복해

선생님은 아이에게 두 번째 부모다.
가정에서 아이를 키우는 게 만만치 않듯이
학교에서 아이를 가르치는 것 역시 만만치 않다.
그래도 나는 두 번째 부모 역할을 온전히 감당하고 싶다.
이제부터라도 좋은 선생님이 되고 싶다.

어버이날

엄마, 오늘은 어버이날이야.

매년 아이들에게 카네이션을 접어 감사의 편지와 부모님께 드리라고 해. 매년 아이들에게 부모님의 소중함, 사랑, 은혜, 효도를 그렇게 강요하곤 해. 매년 아이들에게 지금의 부모님의 모습이 영원하지 않을 거라는 이야기를 해.

그런데 정작 나는 이번 어버이날에 뭘 했을까?

내 편

엄마는 늘 내 편이었던 거 같아. 세상에 내 편이 있다는 게 얼마나 소중한 일이고, 내 편을 만든다는 게 얼마나 어려운 일인지 홀로 서기를 배우는 요즘 절실히 느껴.

오늘 아이들이 싸웠어. 뭐, 아이들은 매일 싸우긴 해. 싸웠다기보다는 삐쳤다고 해야 할까. 여자아이들 무리에서 한 명이 서러워하더라고. 이유를 물어봤더니, 친한 친구 하나가 자기편을 안 들어줬대. 상황을 더 들어보니, 피식 웃음이 나왔어. 내 생각에는 정말 별것 아니었는데, 자기들끼리는 중요한 문제였나 봐. 울고불고 할 정도로 말이야.

학교 끝나고 놀러 갈 장소를 정하는데 혼자만 다른 의견을 냈나봐. 다른 친구들은 아파트 놀이터에서 놀자고 했는데 본인만 운동장에서 놀자고 했다나. 자기 말을 안 들어주니까 따돌림당하는 느낌이었고, 다 자기편을 안 들어준다는 생각이 들어 눈물이 터졌대.

상처 안 받게 잘 타일러줬어. '의견이 다르다고 나를 싫어하는 건 아니다'라며 이해시켜줬어. 결국 그렇게 다 함께 교실에서 노는 것으로 극적 타결을 보았어. 나의 희생이 눈부셨지. 결국 나까지 포

함해서 교실에서 한바탕 놀았거든. 언제 싸웠냐는 듯이, 언제 울었냐는 듯이 해맑게 노는 아이들을 보면서 한편으로는 어른들보다 아이들이 훨씬 현명하다는 생각이 들었어. 뒤끝이 잘 없거든.

그렇게 나의 오후 시간을 놀이 시간으로 보내고 빈 교실에 홀로 남았어. 교실이 조용해지니까 귓가에 어렴풋이 맴돌던 소리가 선명해지는 것을 느꼈어.

"다 내 편이 아니에요!"

누구나 이런 느낌이 들 때가 있겠지. 나도 그럴 때가 있어. 그래서 고민에 빠졌어. 아이는 단순히 오늘 사건 때문에 이런 말을 한 게 아닐 거라는. 분명히 속상한 것들이 누적이 되어서 오늘의 모습이 나타났을 거라는.

근데 아이가 말한 그 '편'이라는 것은 어떤 사람일까.

뭔가를 결정할 때 늘 자기 생각을 먼저 해 주는 사람?

늘 자기를 기분 좋게 만들어주려고 노력하는 사람?

대가를 바라지 않고 항상 자기를 위해서 희생하는 사람?

속상할 때 아무 고민 없이 달려갈 수 있는 사람?

이 생각을 하면서 나는 줄곧 한 사람이 떠올랐어.

엄마.

고마워.

경험담

돌이켜보면, 나도 참 많은 일을 했던 것 같아. 근데 그때 경험이 학교에서 이렇게 유용하게 쓰일 줄 어떻게 알았겠어? 그중에서도 이 두 가지는 정말 잘했다는 생각이 들어. 지금은 뭔가를 돈 주고 배우려고 해도 시간이 없어서 배우기 힘들어.

대학생 때 주말이면 예식장에서 영상촬영 아르바이트를 했었어. 한 건당 삼만 원! 예식장이니까 나쁜 일 볼 일도 없고, 주말 점심 뷔페를 먹을 수 있어서 좋았지. 그 시절 그만 한 일거리도 없었어.

한 달이 넘게 스튜디오 사장님께 촬영 장비와 기술에 대해 배웠어. 그 기술이 선생님이 되어서 특기가 될 줄은 몰랐네. 아이들과 UCC를 만들고 교육 영상을 만들면서 그때 배워 몸에 익은 기술들이 너무나도 유용하게 쓰이고 있어. 웬만한 방송장비도, 영상 편집 기술도, 심지어 무대 연출도 익숙해.

평일에는 주로 도서관 복사실에서 일했어. 덕분에 복사기를 돌리고 간단한 수리 정도는 쉽게 할 수 있게 되었어. 사장님께서 나를 예쁘게 보셔서 가게에서도 일을 도왔어. 사무기기를 설치하고 유지 보수도 해주고 제본을 하기도 했지. 그 기술을 학교에서 써먹었어.

웬만한 제본, 복사, 기기수리는 자체 해결할 수 있게 되었지. 종종 옆 반 선생님을 도와드리며 덕을 쌓기도 해.

그렇게 내가 알고 있는 것이 내 삶의 일부분에 유용하게 쓰일 수 있다는 것을 느끼고 나서는 모든 경험을 소중하게 생각하게 되었어. 학교에 잠시 방문한 업체 기사님들의 기술적인 대화도, 동네 할머니의 텃밭 가꾸는 이야기도 모두 귀담아 들어놓으면 언젠가는 써먹을 데가 생겨.

물론 이런 기술들을 익힌다고 해서 교사 월급이 더 늘거나 승진이 빨라지는 것도 아니야. 오히려 해야 할 일만 더 늘지. 그래도 나와 또 누군가에게 도움은 될 수 있는 일이야.

'배운다는 건 무엇일까?'

진지하게 생각해 봤어. 교과서 안팎의 수많은 내용들을 가르치면서 아이들에게 중요한 건 경험이 아닐까 결론을 내렸어. 결국 배운 것을 경험해 느낄 수 있는 기회를 주는 것이 교육의 목표라는 생각이 들어. 물론 경험에서 끝내는 것이 아니라 아이가 삶에서 직접 활용할 수 있게 도와줘야겠지.

엄마, 요즘에는 아이들 체험학습이 참 많아. 조금만 신경 써도 많은 것들을 경험할 수 있어. 직업이든, 과학이든 어떤 분야든지. 자유학기제라는 제도까지 생겨서 지식을 몸으로 만날 수 있도록 해 주고 있어. 그런 경험들이 아이들의 삶에 녹아들 수 있었으면 좋겠어. 배움보다는 경험, 경험보다는 적용!

선생님의 송사

엄마, 혹시 나한테 한마디만 해준다면 뭐라고 할래? 해주고 싶은 말이 많겠지만 그래도 하나만 고르자면 말이야.

학기 말이 되면 아이들과 이별을 준비해. 내년에 다시 볼 수도 있고 나중에 커서 또 만날 수도 있겠지만, 대부분은 곁에서 멀어지지. 당연하다고 생각해. 아이들은 내게서 멀어져야 새로운 시간을 보낼 수 있고, 나도 이 아이들을 보내야 새로운 아이들에게 집중할 수 있을 테니까. 그래도 특히 졸업을 앞둔 아이들에게는 아쉬움이 더 클 수밖에 없어.

문득 가수 양희은의 〈엄마가 딸에게〉라는 노래를 듣게 되었어. 노래에는 엄마가 딸에게 해주고 싶은 말을 되뇌는 부분이 있어. "공부해라 성실해라 사랑해라" 하다가 결국 "너의 삶을 살라"며 딸의 행복을 빌어주는 노래야. 그 노래를 들으며 나라는 선생님이 제자에게 해주고 싶은 말은 뭔지 생각해봤어.

'열심히 공부해라'라는 말은 너무 식상해. 물론 공부는 중요해. 꼭 교과과목이 아니더라도 뭐든 배워야 하지. 세상사가 모두 공부고 그래서 너무나도 중요하지만, 떠나는 순간까지도 공부하라는 이야기로 마무리 짓고 싶지는 않아.

'착하게 살아라'라는 말은 너무 무책임해. 교과서에는 당연히 선하게 살라고 알려주고, 나도 아이들에게 그렇게 가르치지. 하지만 우리 사는 세상은 마냥 착하게만 살 수는 없을 것 같아. 도덕시간에 배운 세상과 아이들이 살아갈 세상은 조금 다르니까.

'효도해'라는 말은 차마 꺼내지 못해. 나도 그러지 못했거든. 사회생활을 하고 결혼을 하고 아빠가 되고 나서야 알게 된 부모의 마음을 열세 살 아이들에게 강요할 수는 없어. 아직은 친구들이랑 재잘거리는 게 최고 행복할 나이니까.

졸업하는 아이들과의 이별의 순간. 고민 끝에 결국 내가 한 말은 이 말이었어.

"잘 살아라."

무얼 하든지 아프지 않고 잘 살아 있으면 어디선가 다시 만나겠지. 그러니까 어떻게든 잘 살라고 해줬어. 좀 어이없지? 내가 생각해도 어이없어. 고민 끝에 고작 해준다는 말이 '잘 살아라'라니. 근데 그게 내 진심이었어. 공부를 못하고 조금 부족해도 건강하게만 잘 지내주길 바랐어.

나도 아이들에게 잘 살겠다고 했어. 여러분들이 나를 다시 만날 때 부끄러운 사람이 되어 있지 않겠다고 약속했어. 대통령상 받는 선생님이 아니더라도 여러분의 담임선생님이었던 사람으로서 최소한 창피한 존재가 안 되도록 살겠다고 했어. 졸업은 해도 내가 그들의 선생님이었다는 것은 변하지 않으니까. 그런데 내가 나쁜 일을 저지르는 건 아이들에 대한 배신이니까.

엄마, 그러고 보니 이 말은 엄마가 늘 나에게 했던 말 같아. "엄마 걱정하지 말고 잘 살아라"라는 말이 떠오른다.

나 지금 잘 살고 있는 거 맞지?

언행일치

나 어릴 때 무단횡단하면 엄마한테 무지하게 혼났는데. 그래서 요즘도 무단횡단은 안 해.

오늘은 오랜만에 유치원에 아이를 데리러 갔어. 근처에 출장을 갔다가 아슬아슬하게 도착했지. 아이는 내 모습을 보며 함박웃음을 지었고, 쏟아지는 아이들 틈에서 친구와 함께 내 앞으로 왔어. 다른 친구들도 하나씩 부모님들과 만나 집으로 향했지.

아들의 유치원 교문 앞은 2차선 도로야. 교문을 마주보고 아파트 단지의 정문이 있어. 교문에서 나와 좌측으로 어른걸음으로 정확히 23보 가면 신호등 없는 횡단보도가 있어. 그리고 정문 옆 울타리에는 학교에서 설치한 현수막이 있어.

-무단횡단을 하지 맙시다.

4시 55분, 아이들의 하교 시간이야. 한 엄마가 어딘가에 정신이 팔려 신이 난 아이의 손을 잡은 채 아무렇지 않게 무단횡단을 해. 왼쪽에는 횡단보도가 있고, 뒤쪽으로는 아이들을 배웅하는 선생님이 있는데 말이야. 근데 아이를 데리고 무단횡단하는 부모가 많아. 모든 부모가 그런 건 아니지만, 결코 적은 수도 아니야.

우리 아들, 그러니까 엄마 손자는 같이 나온 친구와 맞은편 아파트 단지의 놀이터에 가기로 약속을 했었나봐. 그 친구의 엄마도 마중을 나온 상태였지. 평소에 무단횡단을 하지 말라는 이야기를 자주 들은 엄마 손자는 자연스럽게 내 손을 잡고 왼쪽 횡단보도로 향했어. 그러자 아이의 친구는 순간 멈칫하고 자기 엄마의 눈치를 보기 시작했어. 엄마 따라 무단횡단을 할 것인가, 친구 따라 횡단보도로 갈 것인가에 대한 고민이었겠지. 나는 오지랖 부리기 싫어 아이와 함께 횡단보도로 갔어. 그때 뒤에서 믿을 수 없는 소리가 들려왔어.

"엄마는 바로 갈게. 넌 횡단보도로 건너와."

도대체 이건 무엇일까. 황당함 속에 나와 두 아이는 횡단보도로 길을 건넜고, 그 아이의 엄마는 무단횡단을 했어.

정말 많이 양보해서 임산부, 무릎이 아픈 어른들, 미친 듯이 급한 사람은 그렇다고 쳐. 근데 학교 앞에서, 많은 아이들이 보고 있는데, 그것도 본인의 자식과 함께 무단횡단을 하는 건 동료 학부모로서, 선생님으로서 어떻게 받아들여야 할지 모르겠어. 정말 23걸음이야. 아이 손잡고 가도 5분도 안 걸리는 거리라고.

내 눈으로 보지 않아도 수업 시간에 다 들통나. 아이들은 생각보다 순진하거든. 무단횡단 하지 마라, 아무데나 쓰레기 버리지 마라, 길거리에 침 뱉지 마라, 하고 이야기해주면 종종 "우리 엄마는 무단횡단 하는데요?", "우리 아빠 침 엄청 뱉는데"라는 대답이 튀어나와. 교과서의 이야기와 어른들의 행동이 다를 때 아이들은 무엇을 배워야 할까.

남들에게 피해를 주기 전에 아이의 생명이 달린 일인데 어떻게 그럴 수 있을까? 내가 너무 꼰대가 되어버린 걸까? 아무리 이해하려고 해도 이해가 되지 않아. 무단횡단을 하는 어른들을 지켜보는 아들을 보면 섬뜩할 때가 있어. "아빠, 저 사람들은 왜 무단횡단해?"라고 하면 과연 나는 어떻게 대답을 해야 할까?

엄마, 엄마는 그런 엄마가 아니어서 고마워. 엄마도 무단횡단 했었겠지. 그래도 적어도 내 눈앞에서는 안 했으니까. 선생님 말씀에 의문을 품지 않게 해줬으니까. 아이들 앞에서 당당할 수 있게 해줘서 고마워.

학부모 상담

엄마, 나 어릴 때 엄마도 학부모 상담을 했겠지? 엄마도 나에 대해서 우리 선생님께 뭔가 고민을 털어놨을 텐데, 갑자기 뭘까 궁금해지네.

이번 주는 학부모 상담이야. 일정한 시간을 두고 학부모를 만나지. 보통 상담 시간은 20분이야. 만나서 서먹한 인사를 주고받고, 아이에 대한 이야기를 나누고, 함께 해결 방안을 찾는 게 20분 만에 가능할까? 아무리 선생님이고 부모라도 아이의 문제행동에 대해 20분 만에 합의점을 찾는 건 무리라고 생각해.

상담을 많이 해보지 않은 학부모님들은 오시면 말씀이 없으셔. 말씀을 하시더라도 빙글빙글 돌려. "성효는 학교에서 어떤가요?"라고 막연한 질문으로 끝내시기도 하고. 학업, 교우, 건강, 자세, 태도, 재능, 진로, 행정, 습관, 외모, 표정, 위생, 안전, 언어 등 함께 나눌 수 있는 이야깃거리가 너무나도 많은데 말이야.

짧은 상담에 익숙하신 어떤 분들은 본론부터 들어가셔. "혜진이는 누구랑 친해요?", "한슬이는 수학을 잘 못하는데 어떻게 하면 될까요?", "민수는 말수가 없는데 성격을 바꿀 수 있을까요?" 등

등. 갑작스러운 질문에 대답을 못할 때도 있어. 수학 공식의 함수처럼 아이 이름과 고민을 대입했을 때 값이 딱 나오면 좋겠지만, 그렇지 못해.

오늘도 그런 식으로 상담이 이뤄졌어. 그리고 한 아이의 어머님을 만나게 되었어. 어머님은 평소 아이에게 못마땅했던 일들을 내게 한없이 털어놨어. 아이는 집에서는 맨날 어떻고, 옛날에는 어땠고, 안 그랬으면 좋겠는데, 이랬으면 좋겠는데 등 쉴 새 없이 이야기를 쏟아내셨어. 근데 나도 모르게 팔이 안으로 굽고 말았어.

나는 아이의 편을 들어줬어. 아이의 입장에서 대변했고, 아이가 느꼈을 감정을 어머님께 전달했어. 처음 본 학부모보다는 매일같이 얼굴 보는 아이에게 마음이 더 가서 그랬을까. 그냥 선생님이라는 직업에 대한 뭔지 모를 의무감이었을까.

어머님은 감사하다는 말씀을 남기시고는 교실을 떠나갔어. 뭔가 후련하지 못한 표정을 느낄 수 있었어. 나도 마음이 무거웠어. 왠지 어머님과 나 사이에 벽이 생긴 것 같았어. 무엇이 벽을 쌓았을까 상담기록을 다시 꺼내어 보았어. 첫줄을 읽고 내가 부족하다는 것을 바로 느낄 수 있었어. 하아, 내가 왜 그랬을까.

나는 학부모의 마음을 먼저 헤아려야 했어. 학부모의 마음을 공감하고 이해하는 게 가장 우선이 되었어야 했어. 아이가 잘한 거, 잘못한 거 하나하나 따지기 전에 "고생이 많으세요", "힘드셨겠어요", "같이 고민해봐요"라는 말을 먼저 건넸어야 했어. 그런데 그러지 못했어.

어머님의 입장을 생각하자 더 마음이 무거워졌어.

평소 내가 가정으로 전화해서 학부모와 고민을 나누고자 할 때 이런 말을 들은 적이 있어.

"우리 아이는 그런 아이 아니에요!"

이렇게 선을 긋는 모습, 오늘 어머님이 나한테 느낀 모습이 아니었을까. 이렇게 선을 긋는 모습에 받은 상처, 오늘 어머님이 그 상처를 받아 가신 것 같아. 그나마 내가 자식의 편을 들어주니 화는 낼 수 없었을 테지. 하지만 마음은 여전히 무거웠겠고, 고민도 여전히 남았겠지.

엄마, 학생의 마음도 학부모의 마음도 다 알아주는 선생님이 되려면 얼마나 더 노력해야 하는 걸까. 아무것도 느끼지 못했을 때는 차라리 마음이 편했는데, 경력이 쌓이면서 많은 것이 보이기 시작하니까 더 어려워지는 것 같아. 다음부터 안 그래야 되는 일이 한두 개가 아니야. 갈수록 늘고 있어.

리더십

좀 생뚱맞지만 엄마가 유난히 멋져 보였을 때가 있었어. 이사했을 때. 앞장서서 우리 세 남자를 지휘하는 모습은 하나 흐트러짐이 없었지. 눈대중으로 대충 본 것 같은데 책상이 들어갈 자리가 정확했고, 수많은 짐 속에서도 물건의 위치를 기가 막히게 찾아냈지. 자주 집을 비우는 아빠도, 늘 피곤한 형도, 덤벙거리는 나도 쉴 틈 없이 할 수 있는 일을 만들어줬어. 덕분에 우리는 새참으로 시킨 짜장면이 불기 전에 먹을 수 있었지.

학교에서는 나도 아이들을 멋지게 지휘해봤어.

"너희 두 명은 분리수거! 1모둠은 책상을 정리하고, 반장 부반장은 전산실에 스마트패드를 반납하고 옵니다. 참, 칠판 당번은 칠판을 지우도록!"

맞아. 이게 뭐 대단한 거겠어. 하지만 아이들은 별거 아닌 것들을 크게 느끼는 경우가 많아. 선생님은 아이들의 그 섬세한 마음을 잘 다루어야 해.

분리수거에는 꼼꼼한 친구들이 필요해. 그렇지 않으면 질질 끌고 가서 분리수거함을 부서뜨리거나, 가는 길에 쓰레기를 다 흘려 버려. 모둠별로 무엇인가를 시킬 때는 구성을 잘 봐야 해. 뺀질거리는 아이나 장난이 심한 아이가 있으면 나머지 아이들에게 불만이 쌓이거든. 스마트패드 같은 물건을 심부름 보낼 때는 절차가 복잡해서 특히 조심스러워. 그래서 학기 초에 전담 학생을 지정하곤 해. 칠판을 청소할 때는 키가 작으면 위험할 경우도 있지.

사실 그냥 무작위로 추첨을 해도, 본인이 하고 싶은 것 뽑아서 해도 결과가 크게 다를 건 없을 수도 있어. 중요한 건 내가 아이들의 능력을 얼마나 잘 알고 있는지가 아닐까 싶어. 아이들을 쓸모 있는 사람으로 만들기 위해 각자의 가치를 찾아주는 것이 나의 목표니까. 대단한 기술이나 남들보다 뛰어난 재능은 없을지라도 자신이 어딘가에 필요한 사람임을 느끼게 해주는 일은 정말 중요한 일이야.

이를 실천하려면 아이들에 대한 정보가 많아야 해. 정보를 얻기 위해서는 관심을 많이 쏟아야 해. 아이가 뭘 좋아하는지, 어떤 생각을 하는지, 교우관계는 어떤지 차곡차곡 정리가 되어야 해. 어떤 사람들은 이런 내게 참 피곤하게 산다고 말할 수도 있겠지. 실제로 "애들 그냥 대충 시키면 되지. 뭘 그렇게까지 해"라는 소리를 종종 들어. 어쩌겠어. 그게 선생님들인 걸. 언제나 한마디 말의 무게를 가늠하고 내뱉어야 하는 사람이 선생님이니까.

교직사회도 마찬가지야. 학교도 선생님들의 개개인의 상황과 특성을 잘 파악해서 능력을 발휘할 수 있도록 도와줘야 해. 그것이 선생님의 사기와 학교 분위기 상승에 큰 영향을 미쳐. '내가 쓸모 있는 사람'이라고 느끼게 해주는 것이 얼마나 고마운 일인지 아이들도, 어른들도 모두 알 거야.

엄마, 이렇게 이야기하고 나니까 정작 엄마에 대해서는 내가 잘 모르고 있었어. 미안해.

상처

오늘 작은아이를 씻기다가 종아리에 긁힌 상처를 보았어. 어제까지만 해도 없었는데, 오늘 어린이집에서 숲체험을 한다더니 거기서 긁혀 왔나 봐.

어쩐지 아이가 목욕을 하는데 그렇게 발버둥을 치더라. 아마도 다리의 상처가 쓰라렸나 봐. "아이가 다치면 다 내 잘못 같다"는 어른들 말씀이 또 한 번 깊이 와닿는 순간이었어. 빨리 씻긴 뒤 약을 발라줬어. 얼마 가지 않고 다 뜯어버릴 것은 알지만 행여 흉이라도 질까 밴드를 붙여줬어. 다행히 아이는 별일 없다는 듯이 오늘도 신나게 층간 소음을 만들어냈지.

'아이 담임선생님은 아이가 다친 것을 알고 계실까?'라는 의문이 들기 시작했어. 비슷한 일을 하는 처지에 어린이집에서 다친 것으로 항의하고 서로 마음을 다치게 할 일을 절대로 만들지 않겠지만, 그래도 이야기라도 해줬으면 좋았을 텐데, 라는 생각이 떠나질 않았어.

다친 것을 알았지만 바빠서 연락하는 것을 깜박하셨을 거라고 생각했어. 아니야. 이 정도 긁힌 걸로 연락할 필요가 없다고 생각했을지도 몰라. 선생님이 분명히 아이들에게 주의를 줬을 테지만 아랑곳하지 않고 제 갈길 가다가 긁혔을 거야. 아이들이 몇 명인데 내 아이만 눈에 넣고 다닐 수는 없잖아.

근데 분명히 이 정도 긁혔으면 아이가 울었을 텐데⋯⋯. 피도 났을지도 몰라. 그럼에도 별 이야기가 없다는 것은 우리 아이가 혹시 미움을 받고 있는 것은 아닐까. 다른 아이가 이렇게 다쳤더라도 연락이 없었을까. 아니야, 그럴 리가 없어. 지금이라도 전화해서 아이가 다친 거 아시는지 물어보고 싶었어. 근데 안다고 하면 어쩔 거고, 모른다고 하면 또 어쩔 거야. 결국 그냥 넘어가 버렸어. 아이가 조금 다친 것으로 오만 가지 상상을 하고 있는 나를 보니 조금 한심스럽기도 했어. 역시 아빠가 되니까 학부모의 마음이 가깝게 느껴지는 때가 생겨. 어쩔 수 없네.

흥분을 가라앉히니 우리 반 아이들이 떠올랐어. 나는 20명 남짓한 아이들과 하루 평균 5시간 이상을 주5일이나 함께해. 그 안에서는 내가 알게 모르게 얼마나 많은 일들이 벌어질까. 말 못하는 영아는 아니지만, 나름 다 큰 아이들이지만 부모의 마음은 아이가 세 살 때나 열세 살 때나 똑같을 거야. 걱정 또 걱정.

엄마, 갑자기 어깨가 무거워진다.

내 목표는 늘 아이들이 웃으며 집에 가는 거야. 부모들이 아이의 표정만 보아도 안심할 수 있는, 그렇게 안전하고 평화로운 학급을 만들고 싶어. 가능할까? 아이들의 학교생활에서 벌어지는 대부분의 일들은 내 눈을 피해서 일어날 텐데 말이야.

개꿈

매년 2월 말이 되면 꼭 꾸는 꿈이 있어. 학생에게 맞는 꿈, 학생들이 내 이야기를 듣지 않는 꿈, 힘이 센 아이가 내게 반항하는 꿈, 학부모한테 욕을 먹거나 얻어맞는 꿈, 교실에서 크게 창피함을 당하는 꿈, 아이들에게 웃음거리가 되는 꿈……. 실제로는 일어나지 않을 모습들이 꿈에 나타나.

정말이라니까? 매년 2월이면 그런 꿈을 꿔. 꿈은 또 어찌나 생생한지 몰라. 그렇게 꿈을 꾼 날은 정말 출근하기 싫어져. 어디 가서 이런 이야기 하면 반응이 둘로 나뉘어. '어? 나도 그래'이거나 '에이, 너는 잘하면서 뭘'.

2월은 선생님들에게는 잔혹한 시기일지도 몰라. 학년 업무의 마무리를 해야 하고, 아이들을 떠나보내야 함과 동시에 새로운 업무와 새로운 아이들을 준비해야 하니까. 업무도, 아이들도 원하는 대로 선택할 수 없어. 학교와 학년 사정에 따라서 결정되지. 이래저래 스트레스가 많을 시기야.

어릴 때 나는 새 학년이 될 때마다 새로운 선생님은 누구일까 기대했던 것으로 기억해. 근데 선생님이 되어서는 그런 설렘보다 걱정이 더 앞서네. 물론 새로운 아이들을 만나는 일은 참 신나는 일이야. 아이들과 있으면 매일 무슨 일이 벌어질지 모르거든. 모르니까 흥미로운 것 아니겠어?

아빠가 되어 보니까 새 아이들과의 만남을 앞두고 찾아오는 설렘과 걱정을 조금 알겠더라. 엄마 손자가 엄마 며느리 배 속에서 무럭무럭 자랄 때, 그때 느낀 감정이야. 얼마 지나지 않아 아기를 만나 볼 수 있다는 기대와 설렘만큼 내가 잘할 수 있을까 하는 걱정이 동시에 왔지. 동시에 온 두 감정 중에 과연 좋은 아빠가 될 수 있을까 하는 걱정이 더 컸어.

옛 어른들은 "일단 낳으면 다 잘 키우게 된다"라고 말씀들 하셨는데, 그 말이 맞는 것 같아. 새로운 학생들을 만나면 지난 걱정은 금방 잊게 돼. 금방 적응하고, 친해지고, 정들고 그래. 솔직히 아이들이라고 새로운 선생님과의 만남이 마냥 설레기만 하겠어? 피차 걱정이 앞서는 건 마찬가지일 거야.

이제 나를 두렵게 만들고, 출근을 기피하게 만드는 꿈들은 개꿈으로 쳐야겠어. 새 학년 새 학기에 조금 더 정성을 들이고 한 번 더 준비하라는 의미로 받아들여야겠어.

근데 엄마, 그 꿈에 나왔던 아이랑 똑같이 생긴 아이가 우리 반에 있다면 믿을 수 있겠어?

배경

    중학교 때가 생각이 나. 자전거 도둑으로 오해받아 운동부 아이들에게 둘러싸인 날. 전화를 받고 달려온 엄마는 누구보다도 용감했어. 그날만 생각하면 아직도 무섭지만, 그래도 날 지켜준 엄마가 있었으니까 이렇게 씩씩하게 살아가고 있나 봐.

    수업을 마치고 교무실에 커피 한잔하러 갔는데, 오늘 따라 공기가 무거웠어. 교무실 커피를 10년 넘게 먹으면 촉이라는 게 자동으로 생겨. 이것은 필히 학교에 무슨 일이 생긴 거야. 어설피 나서기도 그렇고, 모른 척하기에는 마음에 걸려 교무실에서 어물쩍거렸어. 어디선가 얼굴이 반쪽이 된 교감선생님께서 교무실로 돌아오셨어.

    안 그래도 나를 부르시려 했나 봐. 학교에서 가장 무서운 남자 선생님이니까. 맞아, 난 유일한 남자 선생님이야. 교감선생님께서는 차가운 물을 한숨에 들이키시고는 말문을 여셨어. 시간 되면 함께 가자는 말씀과 함께 방금까지 있었던 일을 말씀해주셨지.

    여자아이들끼리의 신경전이 주된 사건이었어. 매년 있는 일이지. 약육강식과 강호의 도리가 자리 잡은 남자아이들보다 여자아이들이 선후배 간의 갈등이 많아. 쳐다만 봐도 노려봤다고 하고, 웃기만 해도 나댄다고 서로를 경계하곤 해. 이번 일도 같은 맥락이었어.

후배 여자아이들이 시끄럽게 장난치는 것을 보고 선배 여자아이들이 조용히 하라고 했고, 이를 부당하게 여긴 아이가 말대꾸를 했나봐. 그러자 여자아이들 사이에서 소위 말하는 찍힘을 당했고, 이 소식을 들은 아이의 어머님은 걱정을 참을 수 없었나봐. 학교에 찾아와 선배 아이들을 직접 만나서 이야기 하겠다고 했지. 이를 말리는 교사와 아이의 어머님 사이에 긴 줄다리기가 이어졌어. 그 어머님은 본인이 해코지를 하겠다는 게 아니라 선배 아이들을 직접 만나야 걱정이 풀리겠다고 하셨어. 학교 입장에서는 학부모와 아이들을 직접 만나게 해주는 것이 얼마나 위험한 일인 줄 알기에 만류해야만 했어.

학교 폭력 사안이 일어나면 불문율이 있어.

1. 가해자, 피해자라는 단어를 절대 사용하지 말 것
2. 해당 학생과 상대방 부모를 한 자리에 두지 말 것
3. 절대로 한쪽 편에만 서거나 공감하지 말 것

학부모 입장에서는, 아이들의 문제는 아무리 작아도 크게 느껴지기 때문에 최대한 조심스럽게 다가가야 해. 교사는 중재자로서, 담당자로서 최대한의 배려와 절제를 실천해야 하지. 이번 사건은 중고등학교에서는 큰 사건이 아닐지 몰라도 초등학교에서는 그렇

지 않아.

결국 줄다리기는 교장실까지 가서도 이어지고 있었어. 제발 만나게 해달라는 어머님과 제발 믿어달라는 교장선생님 사이에는 어떤 타협도 이뤄지지 못했어. 서로의 인내심이 극에 다다랐을 때 나와 교감선생님이 교장실의 문을 두드렸어.

아이의 어머님을 봤을 때 나는 엄마의 모습이 느껴졌어. 어머님의 표정에는 학교에 대한 불만도, 불신도 깊지 않았어. 그냥 우리 아이를 지키겠다는 모성애가 어려 있었어. 아침에 현관문을 나서면서 시작되는 아이의 홀로서기 연습에 상처가 없기를 바라는 엄마의 노파심과 걱정이 담겨 있었어. 그런 마음은 모든 부모가 갖고 있을 거야.

내가 우선 사과를 드렸어. 6학년 부장이라서가 아니고, 내가 잘못해서도 아니고, 그냥 학교에서 가정에 안심을 못 준 것에 대한 미안함이었어. 그래야만 해야 할 것 같았어. 어머님께 내 소개를 하고 연락처를 드렸어. 학교를 못 믿겠다면 나를 믿어 달라고, 내가 아이 책임지고 지켜주겠다고 약속을 드렸어. 그제야 어머님은 집으로 돌아가셨어.

결국 잘 해결되었어. 6학년 아이들과 해당 아이를 따로 불러서 서로의 이야기를 들어 주고 오해를 풀어줬어. 억지 사과와 화해보다는 서로의 삶을 지켜주는 쪽으로 잘 마무리했어. 다행히 추후에 아무 일도 일어나지 않았지. 아이 어머님께 연락 오는 일도 없었고.

학교 입장에서는 참 난감했지만, 그날 아이 어머님의 행동은 수긍할 만했어. 어머님은 잔뜩 화가 났지만 무례하지 않았고, 많이 속상해 했지만 당황하지 않았거든. 어머님이 바라던 바는 화풀이가 아니라 문제해결이었지. 사실 학교 와서 큰소리쳐서 아이의 입장을 난감하게 하는 사람들도 많아. 부모님이 학교에 두고 간 화의 찌꺼기는 아이가 감당해야 할 몫이 돼버리기도 해. 해당 아이의 부모님이 이를 아셨는지는 모르겠지만, 어쨌든 그날의 행동은 현명했어. 그런 엄마를 둔 아이는 든든함을 느꼈을 거야. 엄청난 부와 명예를 가진 부모보다 현명한 판단을 할 줄 아는 부모야말로 정말로 든든한 배경인 것 같아.

고마워 엄마. 엄마는 늘 나의 최고의 배경이었어.

직업병

엄마, 나 얼마 전에 아빠랑 싸웠어. 아빠를 보조석에 태우고 가는데, 주차하기도 전에 안전벨트를 풀어버린 거야. 그래서 다시 하라고 했다가 다툼으로 번졌네.

선생님으로 살다 보니 '잔소리'라는 직업병이 생겨. 하루 종일 아이들하고 있다 보니 생긴 병이야. 좋은 일, 착한 일, 바른 일을 강조하다 보니 은연중에 생긴 거지. 물론 나도 완벽한 인간은 아니야.

고등학교 친구들이랑 오랜만에 만나서 이야기를 하다가 혼이 났어. 난 그저 친구들이 길거리에 아무 생각 없이 쓰레기를 버리는 게 마음에 들지 않아서, 친구들 입에서 거친 말이 자꾸 튀어나오는 게 싫어서, 없는 친구 험담하는 게 몹쓸 짓 같아서 그러지 말자고 이야기한 것뿐인데 말이야.

아내한테도 혼이 났어. 그냥 내가 하는 말을 잘 들었는지 확인하려고 다시 물어보거나, 다툴 때도 상황을 차근차근 설명하고 서로의 잘못을 생각해보자고 하거나, 다정하고 공손한 말투로 자잘한 부탁을 했을 뿐이야.

밖에 나가서도 불편한 일투성이야. 길거리에 침을 뱉는 사람에게도 한마디 해주고 싶고, 무단횡단을 서슴없이 하는 사람들에게도 그러지 말라고 이야기해주고 싶어. 특히 공공장소에서 소란스럽게 떠들거나 뛰어다니는 아이들을 보면 잔소리하고 싶어 미칠 지경이야.

잔소리. 잔소리. 잔소리.

어쩌겠어. 잔소리하는 것이 내 직업인 걸. 필요 이상으로 듣기 싫게 꾸짖거나 참견하는 것이 잔소리의 정의래. 아니 한 번에 말을 들으면 내가 필요 이상으로 이야기하겠어? 말을 안 들으니 두 번세 번 이야기하게 되는 거 아냐. 나도 한 번만 말하고 싶어. 내가 다 잘되라고 하는 거지 나쁘게 되라고 하는 건 아니잖아?

고등학교 친구들은 이제 내가 선생님 같다면서 아무 말도 하지 말래. 선생님 같은 게 아니라 선생님 맞는데. 어쨌든 이제는 공과 사를 더 구분해야겠어.

이렇게 이야기하고 나니까 엄마한테 괜히 미안해지네. 어릴 적 엄마가 이런 이야기 똑같이 한 것 같기도 하고……. 미안해. 이 못난 아들, 이제야 엄마 마음을 깨닫네.

빈 교실

엄마는 지금 뭐하고 있으려나. 지금은 3시 정각이야. 하루 중 가장 감성에 빠지는 시간이지.

8:30부터 시작된 아이들과의 시간은 2:40분이 돼서야 잠시 끝이 나. 6시간 정도 쉴 틈이 없이 지나가지. 쉬는 시간도 점심시간도 아이들이랑 함께해. 학생이나 선생님이나 자는 시간 빼면 가족보다 더 오랜 시간을 함께할 때도 있어.

보통 20명 남짓 아이들이랑 시간을 보내. 정말 희로애락이 가득한 곳이 교실이지. 하루 동안이지만 울고, 웃고, 화내고, 즐겁고, 정말 별일들이 다 일어나. 예상하지 못한 일들투성이지만 그렇게 하루하루를 채워가는 곳이 교실이야.

6시간 동안 끊이지 않던 아이들의 목소리가 잠잠해지는 시간이 바로 3시쯤이야. 하교 지도를 하고 교실 정리를 하고 아이들이 썰물처럼 쏵 빠져버려. 초임 때만 해도 교실에서 놀아달라는 아이들도 있었는데, 요즘에는 다들 학원 스케줄이 바쁜가 봐.

그렇게 모두가 떠난 교실에 혼자 앉아 있을 때면 아이들이 떠올라. 방금까지만 해도 빨리 집에 갔으면 좋겠다고 생각했던 아이들의 모습이 하나씩 그려져. 빈 책상을 보면서 오늘 하루 동안 이름 한 번 못 불러준 아이가 있는지, 엉뚱한 말로 상처를 준 아이가 있는지, 유난히 기억나는 아이가 있는지 잠시 생각에 잠겨. 빈 교실을 보며 아이들과의 하루를 돌아보면 주로 후회뿐이지만 늘 그렇게 마무리해 보려 해.

정신없이 하루를 보내다 보면 정말 말 한마디 주고받지 못한 아이가 있을 때도 있어. 오늘 유난히 기분이 안 좋아 보여 눈이라도 한 번 더 마주쳐야 하는데 깜박하고 그냥 보내버린 아이들도 있고. 왜 잘해준 것보다 못해준 것만 떠오르는지 모르겠어.

'내일 만나면 오늘 못해준 만큼 더 잘해줘야지.'

늘 이렇게 다짐하곤 해.

엄마도 비어 있는 내 방 책상을 보면서 가끔 내 생각을 하겠지?

공부

요즘 아이들은 정말 똑똑해. 나 어릴 때랑 비교할 수 없을 정도로 많은 것들을 알고 있는 것 같아. 분명 나 어릴 적에도 엄마가 나보고 똑똑하다고 했었는데 말이야.

내가 어릴 적에는 엉뚱한 생각을 참 많이 했었던 것 같아. 인터넷이 없던 시절이라 궁금한 정보를 찾는다는 것이 쉽지 않았을 때였어. 물론 엄마나 형에게 물어보곤 했지만 열 살 남짓 꼬마의 호기심은 끝이 없었지. 아직도 그 장면이 생생히 떠오를 때가 있어.

난 음식을 먹으면 다 소변이 되는 줄 알았어. 소변을 꾹 참으면 대변이 될 거라 믿었어. 심지어 대변을 참으면 방귀가 되어 나간다고 믿었어. 지금 생각해보면 참 어이없는 일이지만, 그 당시 혼자서 실험을 해볼 정도로 진지했어. 물론 실패했지만 말이야.

가끔은 지구의 자전을 멈추게 하기도 했어. 버스에서 우연히 창밖의 풍경을 보면서 내가 지구 위를 지나가는 것이 아니라 버스의 바퀴가 지구를 굴리고 있다고 생각했지. 그래서 내가 아무데도 가지 않고 자리에 꼼짝도 안 하고 있으면 지구가 멈춰 있을 거라 상상하기도 했어.

그 밖에도 많아. 영어를 배우기 전에 dog가 도그라고 읽혀진다고 해서 d는 ㄷ, o는 ㅗ, g는 ㄱ이라고 생각했는데, 마지막 ㅡ 는 왜 없을까 한참을 고민하기도 했어. 여름날 뜨거운 햇볕의 온기를 느끼면서 빛이 만져진다는 느낌을 받기도 했어.

우리 반 아이들에게 이런 이야기를 했더니 웃음이 끊이지 않았지. 요즘 아이들은 관련 지식을 이미 다 알고 있어. 책이나 인터넷을 통해서 사실을 이미 다 알고 있지. 꽤나 전문적인 지식을 가진 아이도 많아. 어릴 때부터 교육서적, 교육방송을 많이 접하다 보니 지식이 많을 수밖에.

근데 가끔은 정답은 있는데 질문은 없는 것 같다는 생각이 들어. "달에는 뭐가 살고 있을까?"라는 질문에 "토끼요"라는 대답이 하나쯤 나올 만한데, "공기가 없어서 아무도 살지 않아요"라고 해. 아직 과학 시간에 배우지도 않은 거야. 가끔 안쓰럽기도 해. 질문을 품어야 할 공간에 너무 정답들로만 가득 차 있는 것 같아서 말이야.

초등학교 한 차시 수업에서 아이들이 알아야 하는 건 한두 가지 지식일 뿐이야. 나머지는 그것을 향해가는 호기심이거나 생각하는 일인데, 어쩌다 보니 그런 일이 좀처럼 일어나지 않아. 아이들이 이미 답을 다 알고 있으니까. 답을 다 알고 있으니 더 이상 궁금한 것도 없고, 생각하기도 귀찮은 거지.

시대가 바뀌었으니 어쩔 수 없는 흐름일지도 모르겠어. 선생님들이 풀어야 할 숙제일지도 몰라.

다행히 요즘 초등학교에서는 시험을 줄이고 있어. 아이들에게 '정답' 대신에 '생각'을 찾아줄 기회이기도 해. 아는 것이 많은 아이보다 알고 싶은 것이 많은 아이로 가르쳐야겠어.

엄마, 내가 엄마한테 엉뚱하게 물어봤을 때 모른다고 해줘서 고마워. 정답을 이야기해줬더라면 오히려 생각하려 들지 않았을 거야. 정말 아무 생각도 없이 살았을 수도 있겠다.

참기름

2학기 상담 주간이었어. 졸업이 다가오니, 새 학년 상담과는 사뭇 다른 내용들이 상담 시간에 쏟아져 나왔어. 학기 초에는 아이의 변화에 대한 바람과 고민이 주를 이뤘다면, 하반기에는 변화에 대한 평가나 졸업 전 아이의 과제에 대한 이야기들로 가득했어.

그날 상담이 끝난 뒤 말을 많이 해 목이 갈라질 때쯤 뒷문으로 어떤 할머니께서 슬며시 들어오셨어. 상담 신청서를 내지는 않았지만, 누구의 할머니인지 알 것 같았어.

할머니 손에는 참기름이 들려 있었어. 얼마나 향이 좋은지 할머니가 들어오시자마자 교실에 고소한 냄새가 가득 찼어. 내가 일어나 반기자 할머니는 앉으시라며 연거푸 말씀하시면서 정작 본인은 서 계셨어. 실랑이 끝에 의자를 내어드리고 나서야 얼굴을 마주할 수 있었어. 바쁘신 부모님을 대신해 아이를 돌보고 계신 할마(할머니와 엄마의 합성어) 중 한 분이셨어.

나는 따뜻한 녹차를 드렸어. 쌀쌀한 날씨에 종이컵을 매만지며 손을 녹이시던 할머니는 한참 뜸을 들이더니 말문을 여셨어. 내 덕분에 아이가 밝아졌다며 너무 감사하다는 이야기를 해주셨어. 그게

229

어디 내 덕분이겠어? 그냥 아이가 크는 과정에 일어난 자연스러운 변화였겠지. 겸손을 떨며 괜히 기분 좋아하는 내게 할머니께서는 반들반들한 참기름병을 슬쩍 내밀었어.

"요즘 손주가 학교 이야기를 하며 웃는 모습에 그렇게 행복할 수가 없네요. 내가 키운 깨로 직접 짠 참기름이에요. 선생님 꼭 주고 싶어서 오늘 짜서 가지고 왔어요."

텃밭에서 잡초 좀 뽑아본 사람은 알 거야. 저만큼 기름을 짜려면 깨가 꽤 많이 들어간다는 것을. 그리고 참깨 키우는 일이 들깨마냥 쉽지 않아. 그 정성을 알기에 할머니의 선물을 받을 수밖에 없었어. 참기름에 욕심이 났던 건 절대 아냐.

촌지. 마음이 담긴 작은 선물이라는 뜻. 하지만 학교에서 고마운 것과 당연한 것을 구별 못하는 사람들이 생기기 시작했고, 의미가 변질되어 뇌물이라는 뜻이 더 강해진 거 같아. 요즘에는 김영란법을 통해서 더 강력한 규제가 생겼지만, 그게 아니더라도 촌지를 받는 선생님들은 찾아보기가 어려워. 여하튼 학생이나 학부모에게는 어떤 것도 받으면 안 되는 세상이 왔어.

사촌형수가 조카가 초등학교 갈 때 나한테 어렵게 처음 물어본 질문이 이거였어.

"선생님께 뭐 드려야 해요?"

요즘 그런 사람 없다며 안심시키긴 했지만 같은 직업인으로서 창피하더라. 혹시 아직도 어딘가 그런 사람이 있을까 걱정이 되기도 했어. 아직도 학교 밖에서는 선생님들이 그렇게 보이는구나 생각하니, 아이들에게 사탕 하나도 못 받는다고 서운해 했던 마음이 싹 사라졌어.

할머니가 내민 참기름병을 보면서 고민할 수밖에 없었어. 오늘 내가 이 참기름을 받으면 나도 어쩔 수 없이 나쁜 촌지를 받은 선생님이 되는 것 같았어. 아무도 보는 사람이 없지만, 왠지 창밖에서 누가 엿보고 있는 것만 같았고, 진하디진한 참기름 냄새처럼 어딘가에 흔적이 남을 것만 같았어.

"할머니, 정 주시고 싶으시면 냅뒀다가 아이가 졸업하고 나서 주세요."

나는 정중히 거절했어. 그러자 할머니가 늙은이 마음도 몰라준다며 서운해하셨어. 그러니까 정말 나로서도 어쩔 수 없더라. 결국 할머니는 고소한 냄새를 내게 안기고 떠나셨어.

엄마, 엄마가 뭐 필요한 것 없냐고 물어봤을 때 예전에는 없다고 하는 게 엄마를 위한 일인 줄 알았어. 부모가 되고 나니까 아이들 먹이고 입히는 게 내 삶의 낙이 되어버렸어. 지난날 엄마도 그런 마음이었겠지? 그런 것 같아서 요즘은 내가 일부러 이거 필요하다, 저거 먹고 싶다 말하기도 해. 받는 행복만큼 주는 행복도 소중하니까.

그날 할머니의 마음, 어떤 마음이었을까.

공부 비법

내 기억으로는 엄마가 나한테 공부하라는 소리를 딱 한 번 한 거 같아. 임용고사 100일 전에 백일주 타령하는 나한테 "공부나 해라" 라고 처음이자 마지막으로 말했지. 만약에 학창 시절에 공부하라고 잔소리해줬으면 지금의 내 모습은 달라졌을까.

3년 동안 내가 담임을 한 아이가 있어. 큰 학교에서 이런 일은 극히 드문 일이야. 2년도 아니고 3년씩이나. 딱 한 명이지. 그래서 더 애정이 갔고, 그래서 더 아이의 변화를 쉽게 느낄 수 있었어. 아이를 처음 본 건 3학년 때, 마지막으로 본 건 6학년 때였어. 그리고 최근에 고3이 된 아이의 소식을 들었지.

처음 본 아이는 통통하고 가끔 어수룩한 게 귀여웠어. 여자아이들에게는 인기가 없을 모습이었지만 나한테는 순박한 매력이 느껴졌지. 머쓱하게 웃는 모습이 그렇게 좋았어. 빈틈이 많아 보임에도 이상하게 공부를 잘해서 늘 반에서 1, 2등을 했지. 3학년 공부가 쉽다고 해도 조건은 같으니까 확실히 시험을 보면 다른 아이들보다 두드러졌어. 한 해를 건너뛰고 5학년이 되어 다시 만난 아이는 왠지 달랐어. 어린 티가 좀 사라져서일까. 어쩐지 덜 순수한 느낌이

들었지.

6학년이 되니 아이가 조금 어둡게 느껴졌어. 늘 바쁘고 불안하고 정신이 없어 보였어. 6학년짜리가 벌써부터 여유가 없게 느껴졌어. 원인은 학원이었지. 어릴 때부터 학원을 많이 다니긴 했는데, 6학년이 되니 더 버거운가 보다 생각했어. 아침에 오자마자 펼쳐둔 학원 숙제를 쉬는 시간까지 틈틈이 하다가 집에 갔으니까. 아이들하고 어울릴 시간도 잘 없었어. 밥 먹을 때 몇 마디 나누는 게 전부였지.

한날은 아침시간에 갑자기 울음을 터뜨렸어. 나도 친구들도 놀랐어. 무슨 일 있는지 물어보니 학원 숙제를 안 가져왔대. 나는 납득이 잘 안 됐어. 그게 울음을 터뜨릴 만큼 중요한 일인가 싶었지. 미지근한 나의 반응과는 달리 아이는 심각했어. 학원 숙제는 지금 못하면 학원에서 선생님한테 혼나고, 집에서 엄마한테 죽는대. 매일 학교에 오는 걸 보니 이번에도 엄마가 죽이진 않을 것 같고, 학원에서는 얼마나 혼내냐고 물었지. 그러니까 맞는대. 와! 나도 못 때리는데. 아니, 아이가 정말 몹쓸 짓을 해서 따끔하게 혼내는 거면 몰라도 숙제 안 했다고 때리는 건 너무하잖아? 게다가 숙제를 못하면 못 한 만큼 배가 된대. 근데 그것들보다 더 무서운 건 엄마래.

이제야 아이의 성적의 비밀을 알아냈어. 학원이었구나. 학원에 투자하는 엄마였구나.

그해 기말고사에서 아이는 반에서 1등을 했어. 총 175문제에서 5개 틀리고 170개나 정답을 맞혔는데, 아이는 시험을 망쳤다면서 울면서 집에 가더라. 엄마의 커트라인은 3개 틀리는 거였대.

아이는 그렇게 졸업을 했어. 늘 여전히 공부를 잘하고 있을까 궁금했었는데, 오랜만에 들려온 소식은 의외였어. 실업계 고등학교에서 기술을 배우고 있더라. SNS에서 종종 삐뚤한 행동도 보이긴 하지만 자격증도 따면서 나름 열심히 지내고 있었어. 아이의 외모는 많이 변했지만 표정은 옛날 처음 봤을 때 모습이었어. 그 순박하고 행복한 표정 말이지.

물론 사교육이 다 나쁜 건 아니야. 아이들 중에는 비슷한 스케줄에도 잘 적응하고 지내는 경우도 있어. 또 사교육이 꼭 필요한 아이도 있고. 내가 바라는 건 아이들이 견딜 수 있을 정도의 교육이었으면 좋겠어. 아이의 방과 후 시간을 너무 학교공부에만 투자하지 않았으면 해. 그 시기에만 할 수 있는 것이 따로 있으니까.

내가 학교 다닐 때 공부에 스트레스를 받지 않아서 드는 생각인가 봐. 학부모님들께 이런 말을 하면 "내가 몰라서 그렇다"고 하시거든. 그래, 각자의 길이 있겠지.

누가 뭐래도 난 엄마가 나한테 공부로 스트레스 주지 않은 거 감사하게 생각해. 덕분에 다른 친구들 학원 공부할 시간에 난 다른 공부를 할 수 있었어.

할일 없이 시간 보내는 공부, 친구들이랑 싸우는 공부

엉뚱한 상상에 빠져보는 공부, 왜 공부를 해야 하는지에 대한 공부

지금은 할 수 없는 공부들이지.

엄마가 기다려준 덕분에 난 아직도 공부가 재미있어.

교권

엄마, 오늘 아이들에게 엄청난 소리를 들었어. 정말 잘못 들었다고 믿고 싶었어. 일찍 결혼했으면 딸뻘인 아이에게 들은 소리야.

"선생님, 오늘은 왜 헛소리 안 해줘요?"

도덕 시간이었어. 도덕 교과서에 실린 예문도 좋지만, 그날 주제와 관련된 내 경험담으로 바꿔서 수업할 때가 많아. 때로는 그런 이야기에 아이들이 더 공감을 잘해서 나눌 말도 더 많아져. 이야기를 많이 나누면 그만큼 수업에 깊이가 생겨. 도덕은 그런 과목이니까.

오늘은 관련된 경험담이 없어서 교과서 지문으로 수업을 하려던 찰나였어. 교과서 지문을 보자는 내 말에 한 아이가 웃으며 이야기를 한 거야. 헛소리.

귀를 의심했어. 딴소리겠지. 잔소리겠지. 아무리 오해를 하려고 해도 너무 명확하게 들렸어. 그래, 나쁜 의도는 없었을 거야.

헛소리 : 이치에 닿지 않거나 들을 가치가 없는 허튼 말.

그래도 열 살짜리 아이에게 듣기에는 너무 가혹한 말인 거 같았어. 무슨 뜻인지 모르고 썼을까? 뜻은 알지만 선생님한테 쓰기에는 부적절한 말인 것을 몰랐던 걸까?

백번 양보해서 아이가 잘 몰라서 그렇게 이야기한 거라고 생각을 하자. 그럼 나는 어떻게 해야 하지? 몰라서 그런 거니까 알려주면 되는 건가.

몰라서 그랬다면, 아이들 다 보고 있는 가운데 온화한 표정으로 "그런 말 하면 못 써"라고 이야기해줘야겠어. 아이가 나쁜 욕을 한 것도 아니니까. 어린아이가 한 말이니까.

만약 알면서 그랬다면 어떻게 해야 하나?

선생님이 야단 쳤다고 화가 나서 복도에서 선생님을 발로 찬 아이가 있어. 나의 경우, 잘못한 것을 함께 세어보자고 했더니, 4번째까지 세었을 때 가운뎃 손가락만 빼고 나머지를 다 접어 나한테 보여준 아이가 있지. 쉬는 시간 종이 치면 "저 쉬어야 하니까 좀 나가주실래요" 하며 말을 끊는 아이도 있었고. 물론 이런 일은 밖으로 잘 알려지지 않아. 어린아이라 그럴 수도 있다고 넘기고, 선생님이 자존심 때문에 넘기기도 하니까.

물론 알려줘야지. 혼을 내든, 타이르든 잘못을 알려주는 것이 선생님의 일이니까. 근데 요즘에는 아이들 혼내는 게 무서워. 괜히 혼냈다가 민원 받을까봐 고민하게 돼. 대부분의 경우에는 그렇지 않아. 체벌이나 나쁜 말을 하지 않는 한 아이의 잘못을 알려줬다고 기분 나빠할 학부모는 거의 없어. 하지만 심심찮게 발생하는 민원들을 겪으며 괜한 책임을 피하고 싶어졌어.

가끔 뉴스에 나오지? 학부모에게 맞은 교사들의 이야기. 그게 먼 일 같지 않게 느껴질 때가 있어. 어찌된 영문인지 학교에서 선생님이 큰소리를 낼 수 없는 경우가 많아. 학교에 대한 불만은 곧 민원이니까. 특히 아이들이 보는 앞이니까 함부로 행동할 수 없는 상황들이 많이 벌어져. 가끔 아이들에게 큰소리를 듣고 미운 소리를 들어도 앞에서는 버텨내야 할 때가 많아.

엄마, 세상 모든 직업들이 다 어느 정도 감정노동을 감수하고 있겠지. 이럴수록 초등학교에서부터 잘 가르쳐야 하는데……. 용기가 안 나는 건지, 점점 포기가 되는 건지, 잘 모르겠어.

사진의 추억

예전에 나 어릴 적 앨범을 돌아보다가 엄마 젊었을 때 사진을 본 적이 있어. 지금의 나보다 더 어렸던 엄마가 있었다는 사실이 순간 믿기지 않았어.

매년 아이들과 생활하며 나의 외장하드를 조금씩 채워가고 있어. 아이들과 함께했던 시간들을 사진으로 남겨두고 있거든. 아이들도 초상권이 있기에 인터넷에 올리지는 못하고 가끔씩 그 순간이 생각날 때 꺼내어 보곤 해. 특히 졸업해서 훌쩍 커버린 아이들과 다시 만날 때면 그중 잘나온 사진들을 함께 나눠 보곤 해.

성인이 되어버린 아이들에게 초등학교 사진은 어두운 과거일 뿐이지. 다들 변해버린 자신의 모습을 보면서 신기하다는 반응을 보여. 내 눈에는 그때나 지금이나 똑같은 아이들일 뿐인데.

사진을 서로 돌려보면서 그 시절로 잠시 시간여행을 떠나. 나는 과거에 아이들의 이야기를 꺼내면서 놀림감으로 사용할 때가 많아. 그러다 문득 한 사진에 아이들이 멈췄어. 서로 자기가 보겠다며 사진을 뺏어갔지. 사진을 본 아이들은 약속이나 한 듯 모두 눈이 커졌어. 그리고 시선을 나에게 돌렸지.

"선생님, 왜 이렇게 변했어요?"

한 아이의 황당한 질문에 그것이 10년 전 내 사진임을 깨달았어.

10년 전 나의 사진이라. 나잇살이 없어 훨씬 날씬한 몸은 탄력 있어 보였어. 선명한 턱선 위로 풋풋한 표정, 그리고 지금보다 넉넉한 머리숱. 벌써 옛날이라 촌스러운 패션임에도 내가 보기엔 멋진 모습이었어.

"봐라. 선생님도 젊었을 때는 멋졌지? 나 너희 때문에 늙은 거야!"

웃으면서 던진 한마디는 엄마의 목소리가 되어 다시 돌아왔어.

엄마, 지금의 내 모습은 엄마가 잃어버린 젊음의 대가라는 걸 잠시 잊고 살았던 것 같아. 늦었지만 이제라도 말해주고 싶어.

"젊은 엄마는 참 이뻤어. 근데 지금 엄마는 더 이뻐."

내 나이가 어때서

"응. 엄마."

방과 후에 걸려온 엄마의 전화를 받았어. 늘 썼던 '엄마'라는 단어를 아무렇지 않게 아이들 앞에서 내뱉었지. 그러자 교실에 남아 있던 몇몇 아이들의 눈이 휘둥그레졌어.

별 이야기 없이 안부를 주고받았던 통화가 끝나자 아이들이 내게 다가와 물었어.

"선생님, 왜 엄마라고 해요?"

난데없는 질문이었어. 난 의아해하며 되물었어.

"엄마니까 엄마라고 하지. 근데 왜?"

"아니, 선생님은 어른이니까 어머니라고 불러야죠!"

진짜 그래야 하는 걸까? 나이가 들고 나도 부모가 되었으니, 이제 엄마를 어머니라고 불러야 하는 순간이 온 걸까? 그런데 어쩌지. 나는 그럴 생각이 전혀 없는걸.

내가 나이를 먹고 어른이 되어도 엄마 눈에는 한없이 철부지 아이로 보이듯이 나 역시 마찬가지로 엄마는 엄마로밖에 안 보여. 이제는 어머니라고 불러야 하는 것은 알지만 왠지 모를 거리감이 느껴져. 아마도 학부모님을 누구누구 어머니라고 불러서 그런 걸까. 아니면 엄마 앞에서만은 철들고 싶지 않은 내 마음 탓일까.

엄마랑 어머니의 차이는 뭘까.

엄마라는 말을 들으면 나도 모르게 마음이 녹는다.

'엄마'라는 두 글자가 주는 울림은 고요하면서도 깊고 웅장하다.

'엄마'라는 단어로 말문을 틔워온 지 35년 동안, 나는 얼마나 많이 엄마를 불러왔을까. 어느덧 엄마를 어머니가 아닌 엄마라고 부르기가 미안해진 요즘, 내가 아빠라는 소리를 듣고 사는 요즘 엄마가 문득문득 떠오른다.

세상 모든 엄마가 그렇듯 우리 엄마라고 어디 편한 삶은 아니었을 거다. 무뚝뚝한 아들들과 남편, 세 남자 사이에서 험난하게 사셨을 엄마. 나는 엄마의 삶을 이제와 뒤늦게 깨달았다. 그만큼 나는 어리석고 부족한 자식이었다. 그런 내가 할 수 있는 최고의 효도는 힘든 모습을 보여드리지 않는 것이다. 같이 살지 않아도, 가까이 있지 않아도, 자주 연락하지 않아도 잘 지내고 있다고 안심시켜드리고 싶지만, 엄마의 촉에서 벗어나지 못한다.

어느덧 엄마와 떨어져 산 지 15년도 훌쩍 넘었다. 엄마와 함께 살던 집에는 내 방이 없어졌다. 함께 살던 때의 엄마 모습은 너무나도 많이 변해버렸다. 환갑이 지난 아들도 애기 같다는 노부모의 말처럼, 엄마 역시 엄마일 뿐이다.

세상 살기 지치고 힘들 때, 조건 없이 내 편이 되어줄 사람.

어릴 적 그날처럼 어디선가 짠 하고 나타나 나를 지켜줄 사람.

창피함도 억울함도 모두 잊힐 만큼 넓은 마음으로 나를 안아줄 사람.

엄마.

바로 우리들의 엄마.

그래

나도 엄마가 있다.